KB267673

내 시편 어디에
"사랑하고 사랑해서 두 생 째 세 생 째
당신을 좇아갈 수 있다"는 구절을
써넣은 적이 있는데, 그게 우리가
오래 살아야 한다는 자기암시였다면,
답변은 그렇다. 전생에서 나는 뭐였나?
전생에서부터 당신을 좇아온 사람

사랑하는 아내에게

황학주

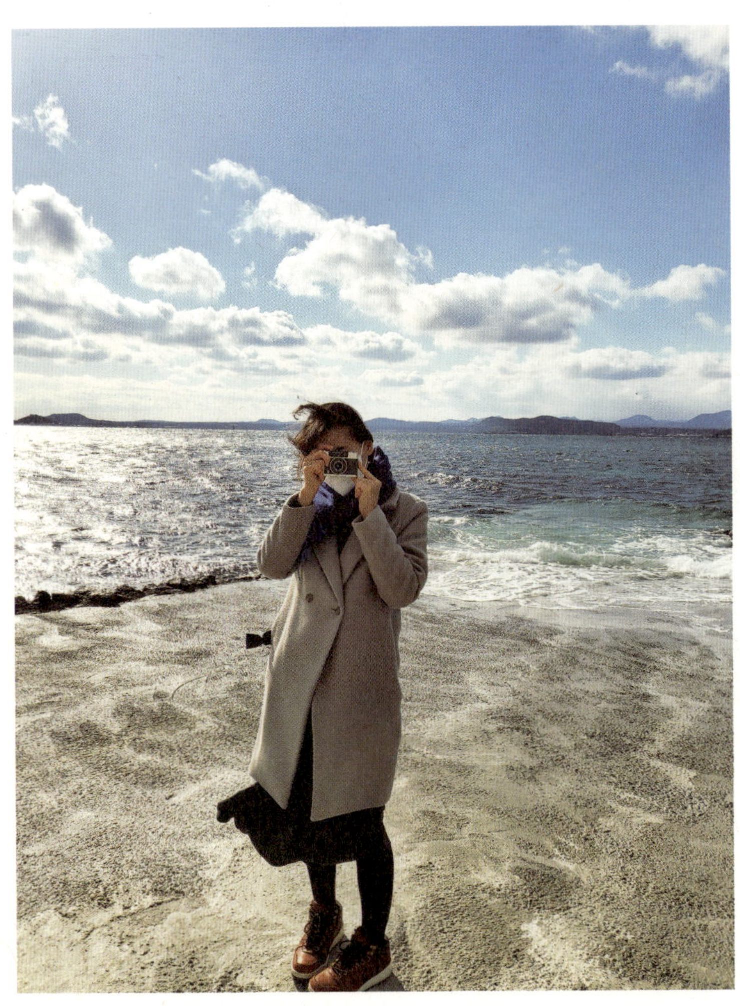

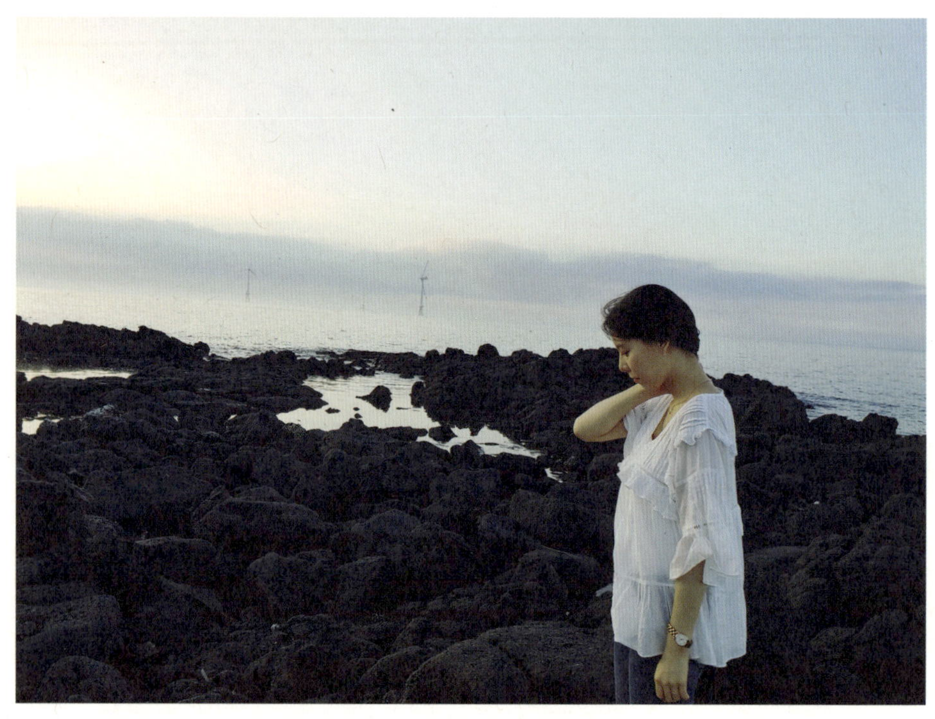

먼 방파제 끝에서 붉은 등빛이 깜박이는 것을 보며 무슨 생각이 떠올라 나는 미소 짓고, 쏴아~ 쏴아~ 무슨 말인가 하고 있는 물결 끝자리를 따라가면 맨발 산책자들이 귀를 쫑긋거리며 내 옆을 스쳐간다. 떠밀려 온 돌미역 같은 해초들을 피하지 않고 그냥 맨발로 밟고 지나간다. 그것들은 보기보다 미끈거리지 않고 그 거칠고 딱딱한 느낌이 살아있다는 반응을 일으키며 묘하게 감각을 건드린다. 문득, 눈앞에 없던 사람이 걸어오고 지나치며 내 옆을 지나간 사람이 다시 나타날 즈음 아내는 앞에서 두 팔을 벌리고 서 있다. 배라곤 가시권 내에서 가장 멀리 떠 있는 단 한 척이 있을 뿐이다.

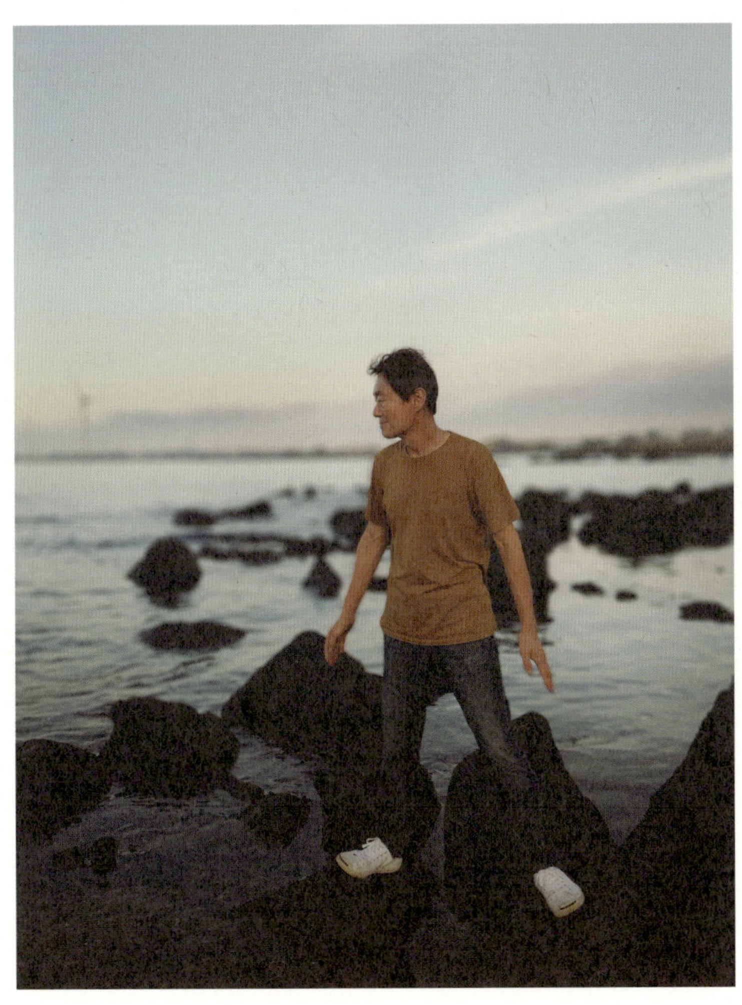

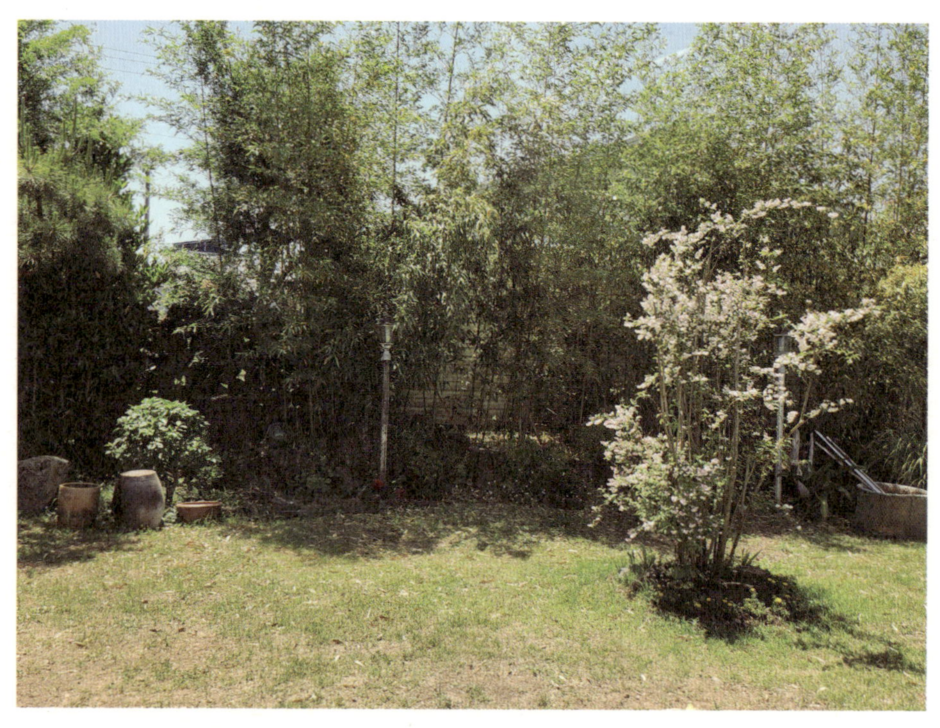

초록이 아름다운 것은 초록 속에 어둠과 사막이 있기 때문이다. 씨앗 하나로, 잎눈 하나로 완전한 어둠을 숨쉰 아기 하나가 어디선가 탄생을 알리고, 겨울을 난 메밀밭에 새잎 나고 꽃필 때 깔리는 해무는 초록을 꿈 꾸어온 어둠과 사막이 세상 밖으로 밀어낸 눈물이라고도 할 것이다. 꿈꾼 만큼 아름다워질 수 있다는 말을 사랑과 두려움 속에 회의 없이 믿을 수 있는지 모르지만, 끝까지 당신이 행복했으면 좋겠다.

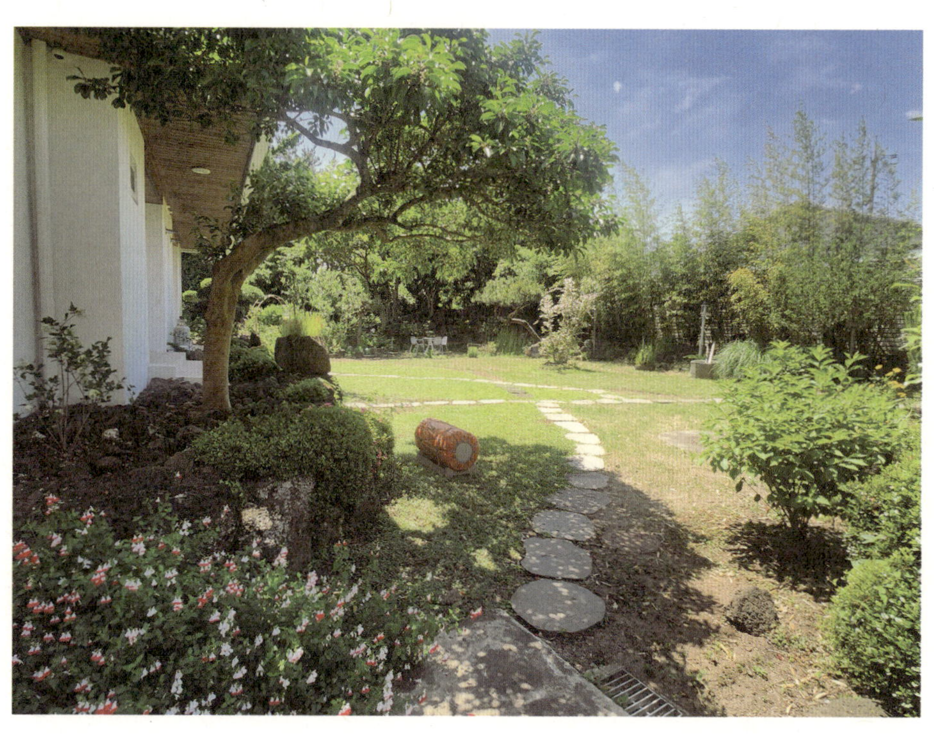

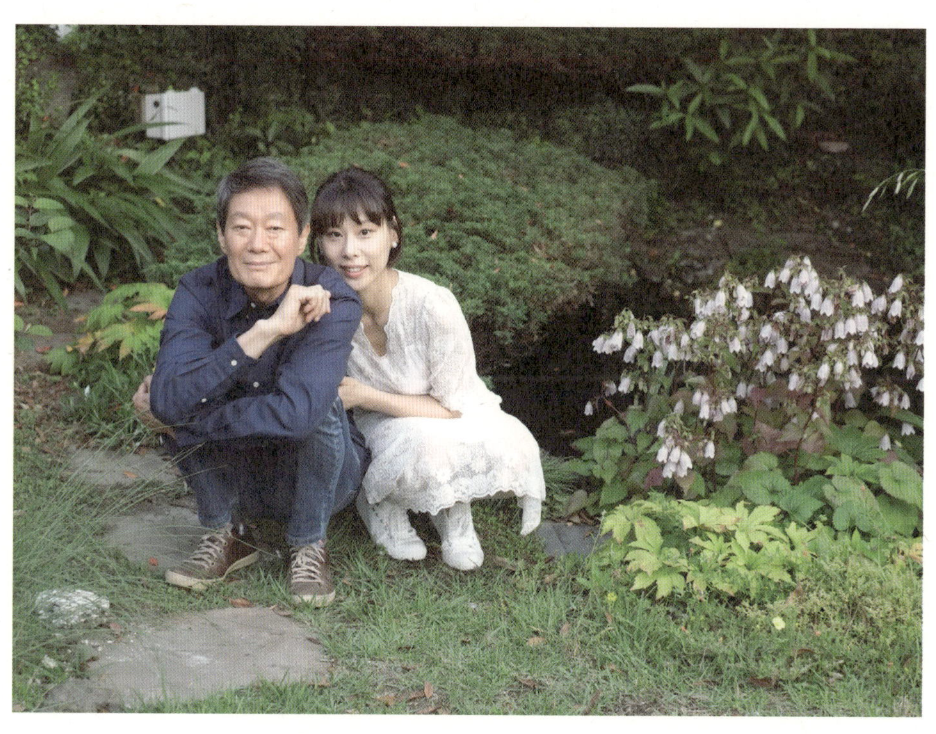

아내와 나는 조천 바다가 내려다보이는 엇비슷하게 내리막진 목장길을 따라 산책을 나선다. 우리집 좌측 돌담과 접해 있는 말 목장의 말 한 마리가 아내 쪽으로 다가오더니 담을 사이에 두고 기어코 눈을 마주친다. 그러고는 꼼짝않고 아내의 눈에서 시선을 떼지 않는다. 말의 크고 투명하고 예쁜 눈에 반해 즉각적으로 고독이 느껴질 정도이다. 아내는 신기해하며 내 쪽을 본다. 환한 미소를 날리며.

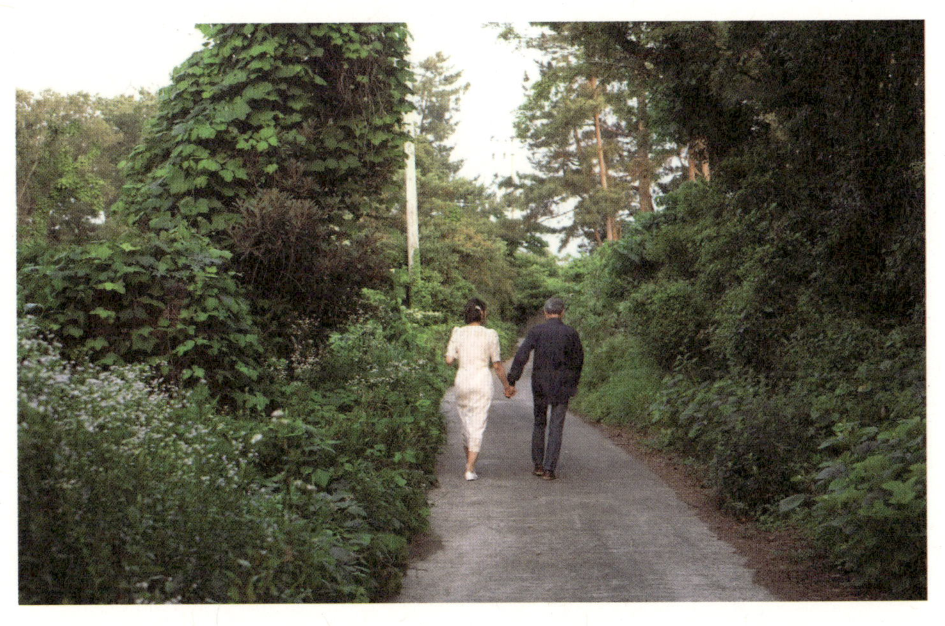

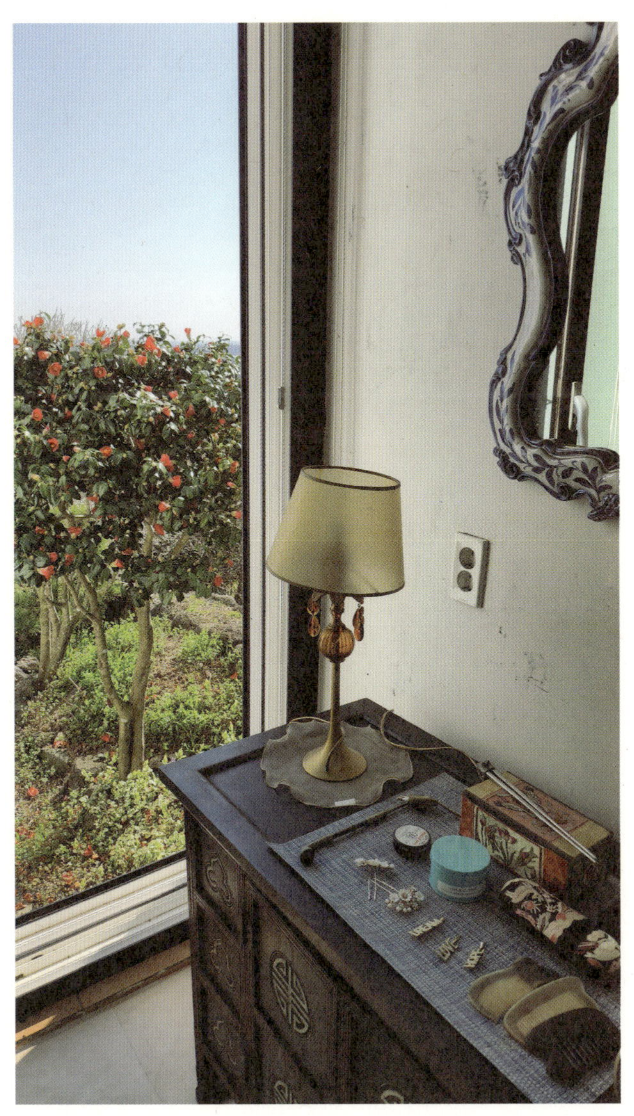

깊은 사유 안에서 보면 지루함도 번잡함도 없고, 툭 하면 죽고 싶다는 마음도 없어진다. 다만 이렇게 조용히 살고자 하면 삶의 오랜 양식과 패턴을 현재의 자신에게 맞추지 않으면 안된다. 내 경험으로는 조용히 살려면 안에서 벼락 치는 듯한 내력이 있어야 한다. 그냥 가만히 있으면 되는 게 아니다. "무슨 생각해요" 갑자기 아내가 묻는다. 그리고 당신의 웃음소리. 당신의 웃음소리가 좋다. 당신하고 있지만 당신하고만 이야기할 수 없고 당신만을 쳐다볼 수는 없지만, 당신 쳐다보기를 잊을 만큼 좋아하는 다른 것이 있을 수는 없다. 안갯속 같은 내면에서 나무에 부딪히는 사랑이 이마를 쓸며 웃는, 소리를 들은 것 같다.

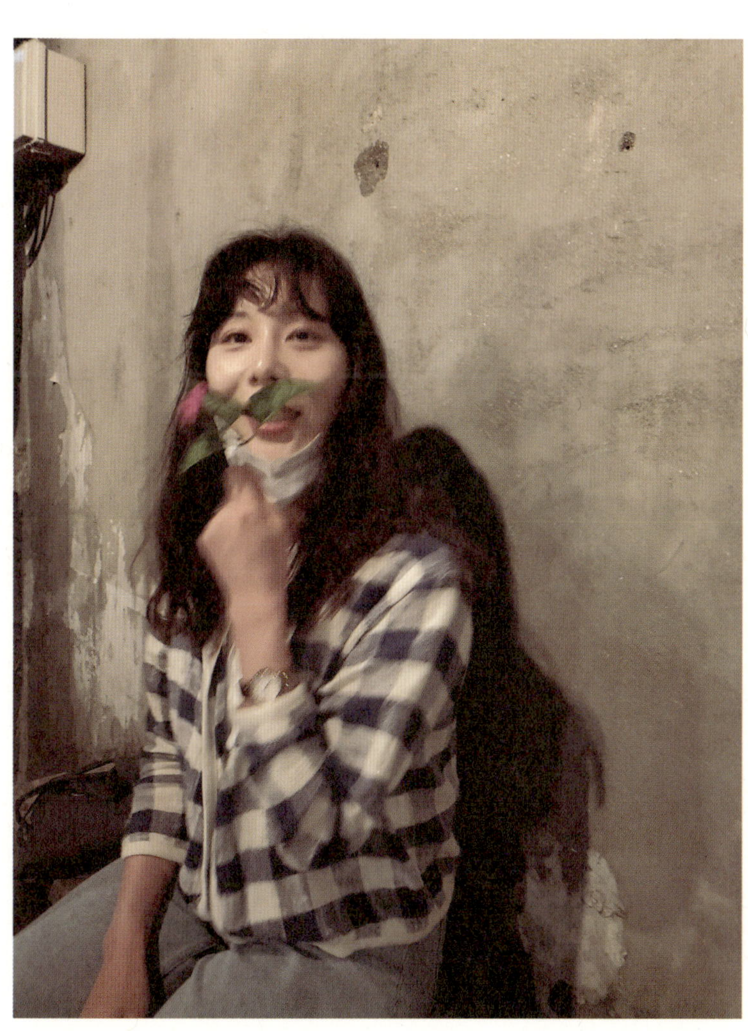

작업이 어려워질수록 내 눈은 자연을 좇아간다. 너무나 아름다워
같은 방향으로 달리지 않을 수 없는 것들을 향해 내 생각은 가다 멈추다
한다. 내가 발견한 혹은 발굴한 풍경 속에는 언제나 내가 있었고, 사랑하는
사람이 있었다. 제주의 변화무쌍함과 때로는 적막한 풍경에 시간이
덧칠해질수록 소중한 것들에 대한 애정은 더욱 깊어간다. 다시금 나는
다짐한다. 그것들에 대해 더욱 적극적으로 그림으로 말해보기로.
다음 작업의 키워드는 사랑하는 사람, 우산과 고양이, 하늘색 풍경,
제주의 일상 등이 될 것이다.

「결혼·제주 사랑하는 사람에 대해 말해보라」, 화가 정인희의 작업 노트(2023년) 중에서

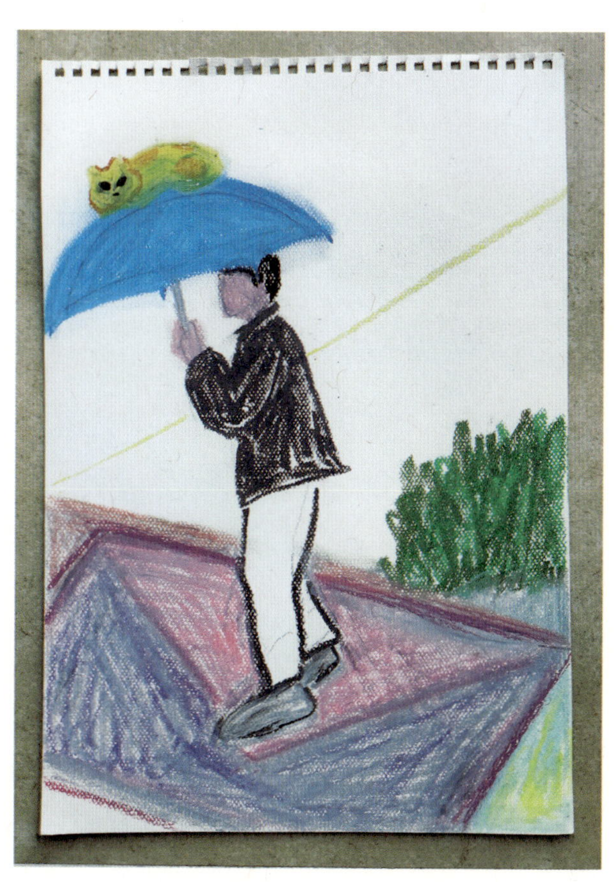

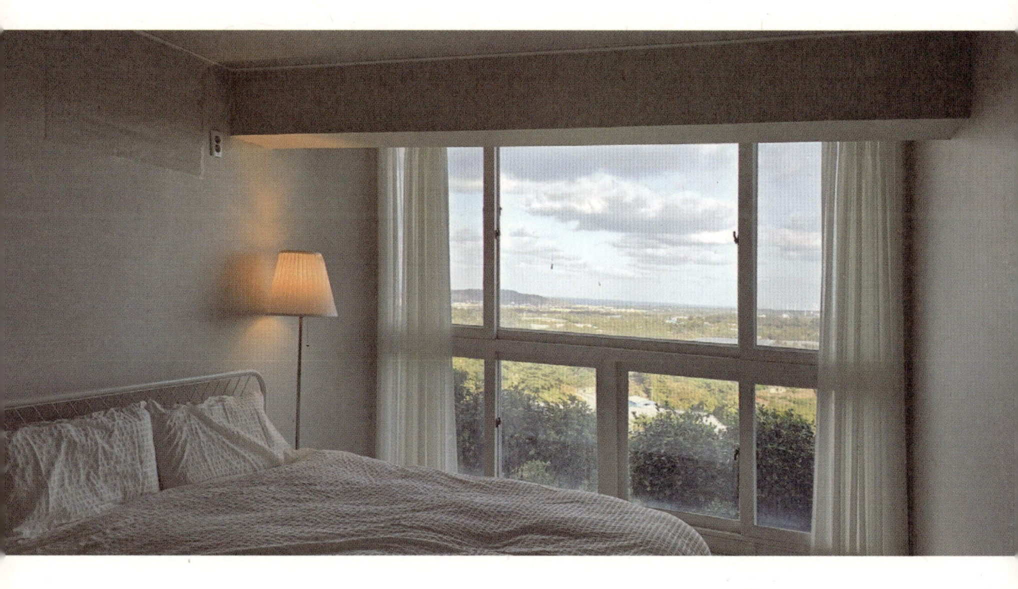

결혼해 제주로 이사하면서 나의 생활에는 크고 미세한 많은 변화가 있었다.
도시에서 섬으로 거처를 옮겨왔으니 생각도 감정도 작업도 변하는 것은
당연한 일인지 모른다. 내가 그리려고 하는 대상은 이전보다 명확해졌고
나는 그 대상을 오래 바라보게 되었다. 자연이든 사물의 모습이든 그것들이
내게 어떤 의미를 주는지 알아내기보다는 어떠한 해답도 감정의 동요도
내려놓고 그냥 바라보기. 섣부른 판단을 뒤로하고 일단 바라보기. 그것이
최근 내가 작업하는 방식에 있어 가장 크게 바뀐 지점이다. 나의 존재를
간구하기보다는 경유하는 태도를 가지는 것으로, 어떤 참다운 느낌이 오기를
기다리는 의지적 개념이다.

화가 정인희의 작업 노트(2020년) 중에서

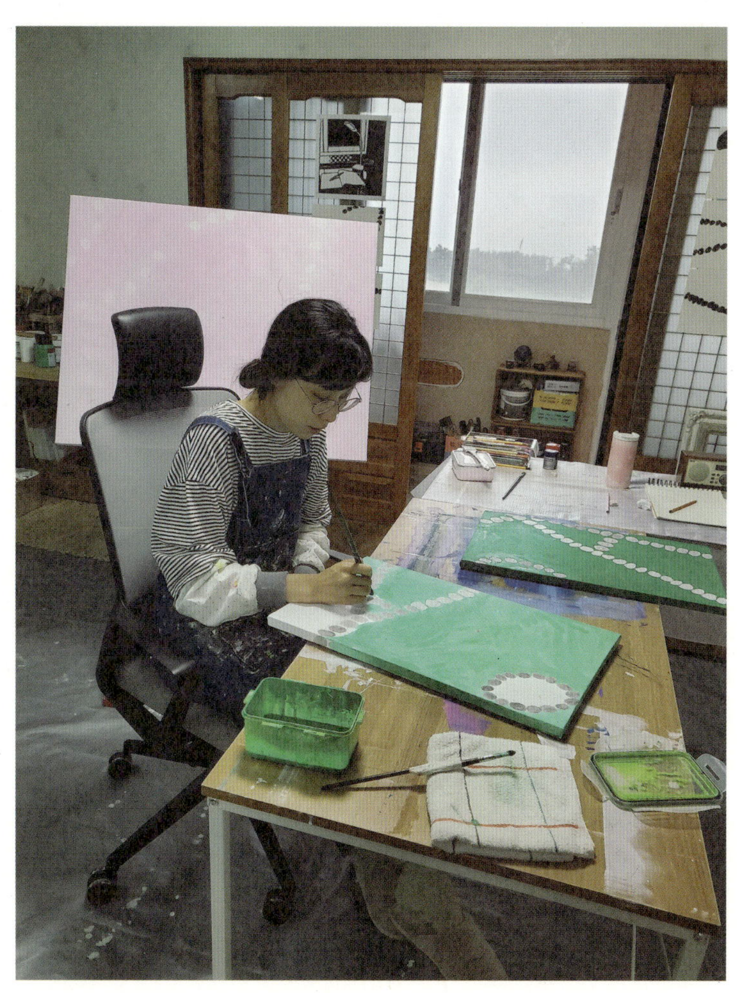

아침 햇살에 젖은 숲을 끼고 귤밭 딸린 동네를 벗어나면 무적을 울리며 올라오
는 상상의 배가 있을 것만 같고 마치 그 배를 마중하러 나가는 듯한 우리의 아침
산책은 대흘리까지 이어지고 하루는 또 그렇게 어딘가로 벋어가고 있다.

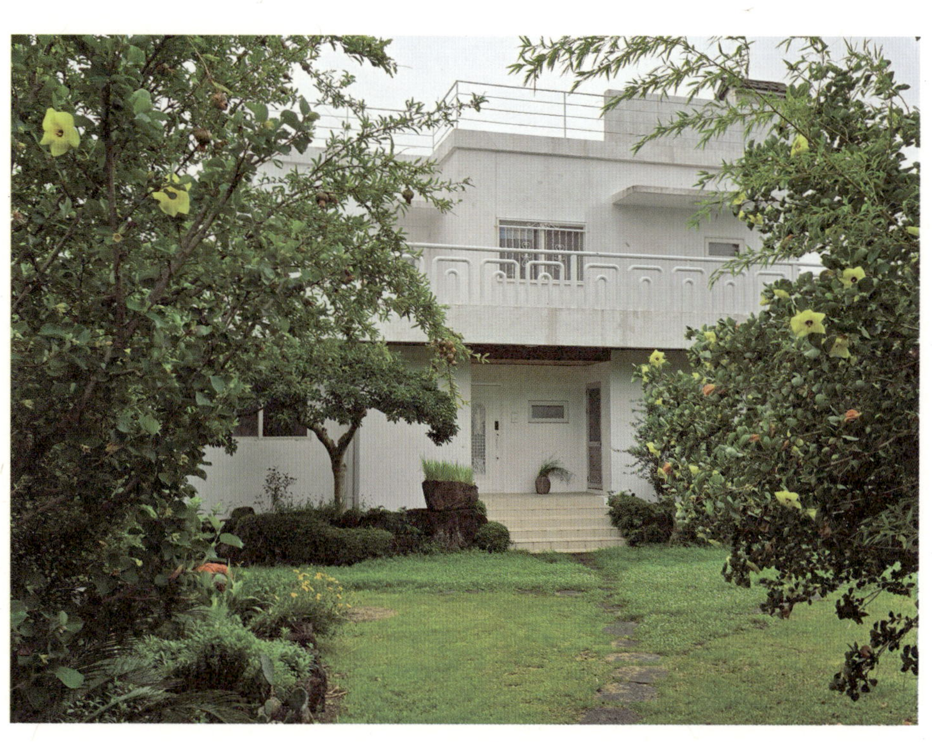

집 입구쪽에서는 잘 보이지 않는 연못이 모서리에 있다. 수련과 두어 가지 수초가 자라고 그 밑에서 노는 빨간 물고기 몇 마리가 가끔씩 눈에 비친다. 연못을 둘러 돌들에 착생하는 이끼는 왕벚나무와 야생무화과의 그늘 밑에서 번식을 계속하고, 폭염에 타버린 일부도 이런 가을이면 봄풀처럼 다시금 싱그러워진다. 이끼는 연못 둘레에서 깔린 돌들을 따라 묵은 담장 위로 올라간다. 그 사이사이에 콩짜개나 작은 양치식물들을 데리고 퍼진다. 나는 이끼를 인위적으로 채집해 붙이거나 연출하지 않는다. 왼쪽이 조금 나아가듯 바른 쪽이 조금 나아가듯 번식하는 그대로를 보며 이끼 속에서 올라와 덩치가 커진 풀을 뽑아주거나 한 번씩 물을 주는 것 말고는 하지 않는다. 세월도 못 되고 풍경도 못 된 그런 세월도 지나고 풍경도 지나며 우리가 함께 지나온 시간들, 정원은 무엇을 알고 있을까.

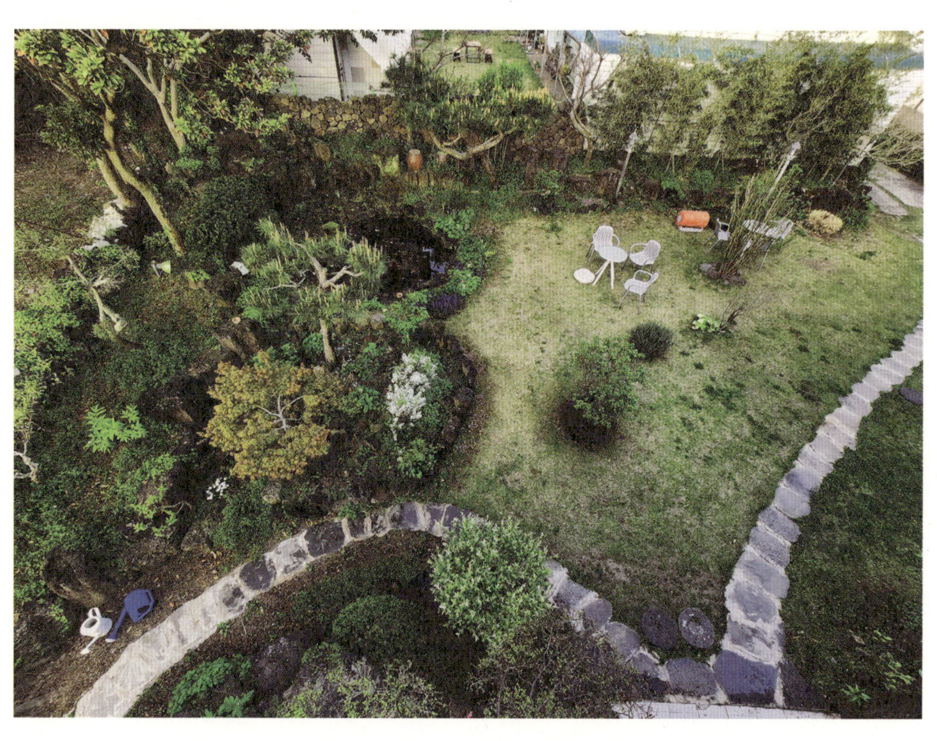

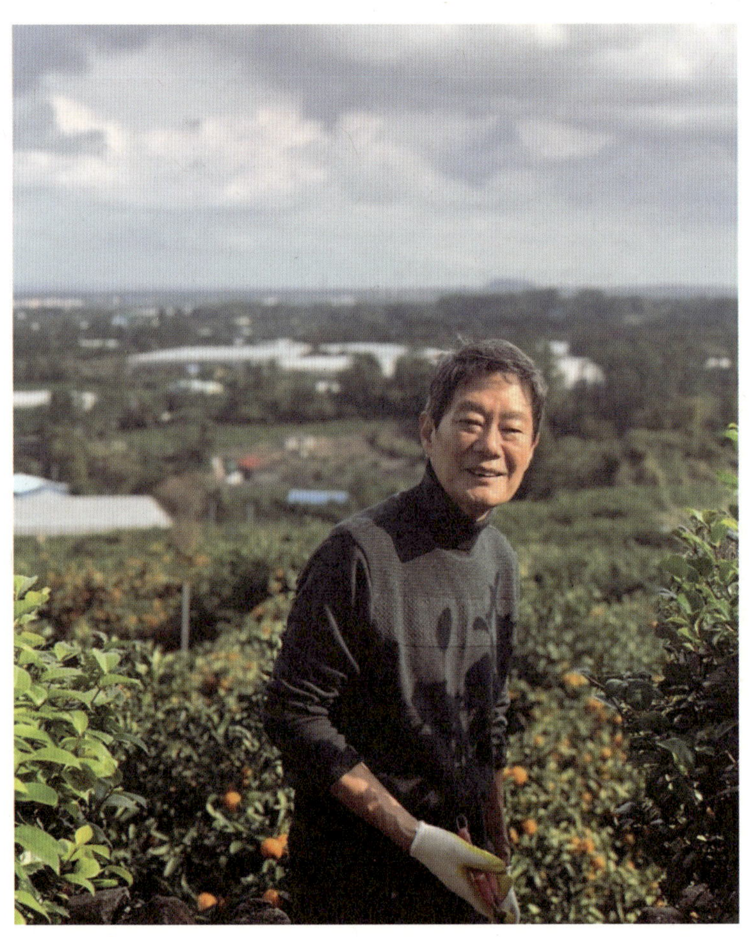

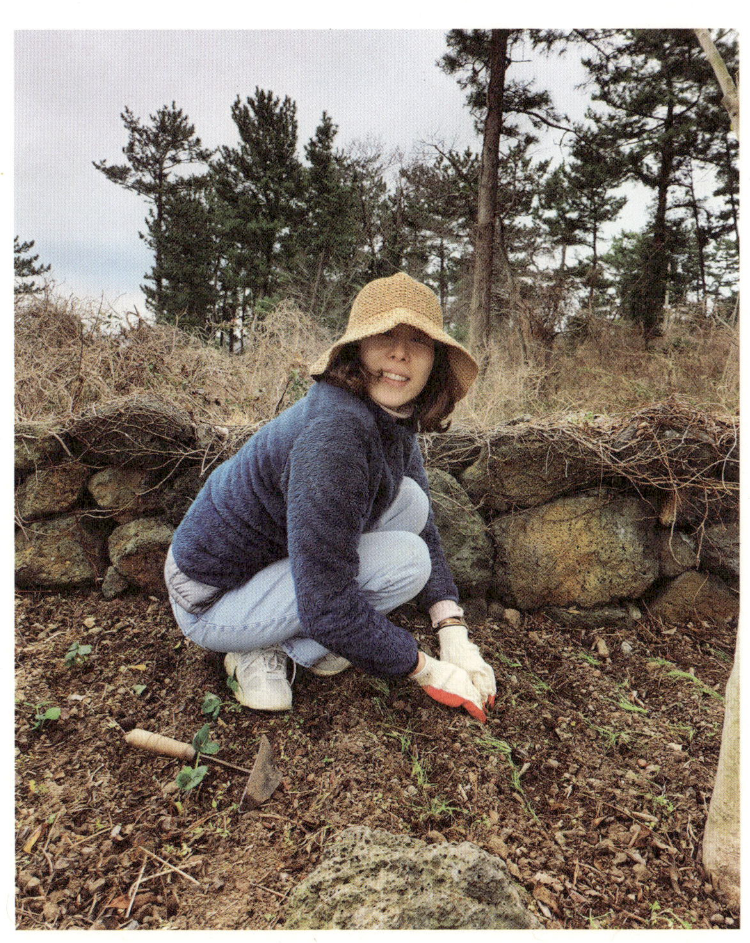

틈틈이 마당을 매는 것은 아내의 몫이다. 나는 웃자란 잔디를 깎고 여름 동안 미루던 나무들의 전지 작업을 했다. 훤해진 마당을 고양이 루코와 아루가 먼저 지나다닌다. 정원을 가꾸다보면 자주 눈이 가는 방향이 있다. 아무리 가까워도 나무와 나무 사이에는 거리가 있고, 그들도 눈치가 있다. 그들도 서로 바라보는 곳이 있다. 나는 마당에 책상과 의자를 놓고 보고 있다.

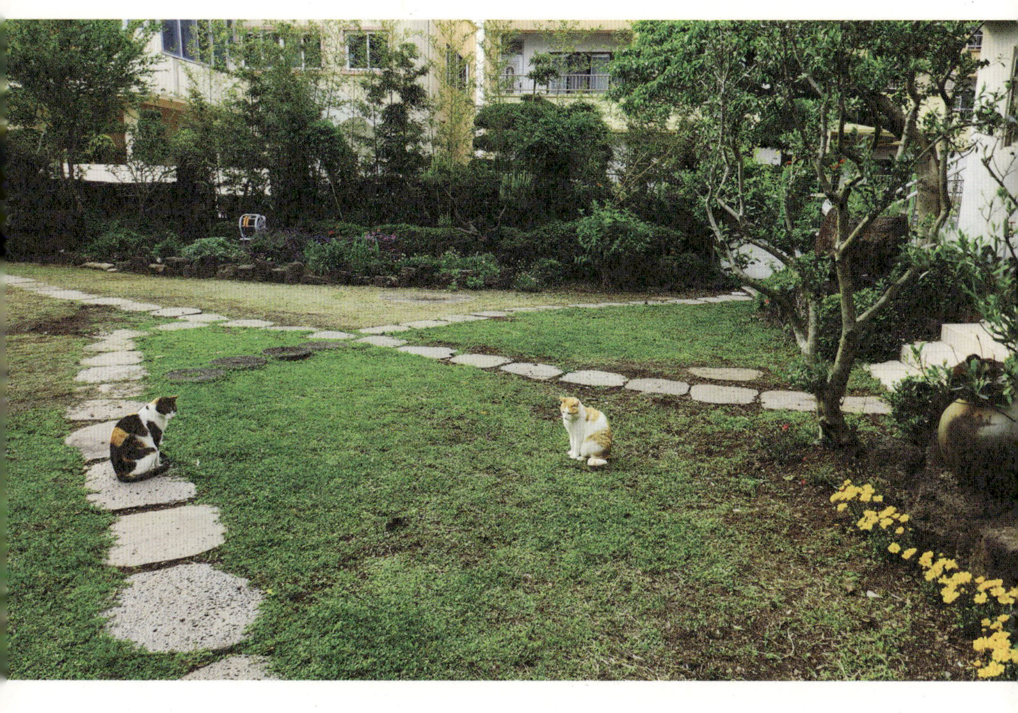

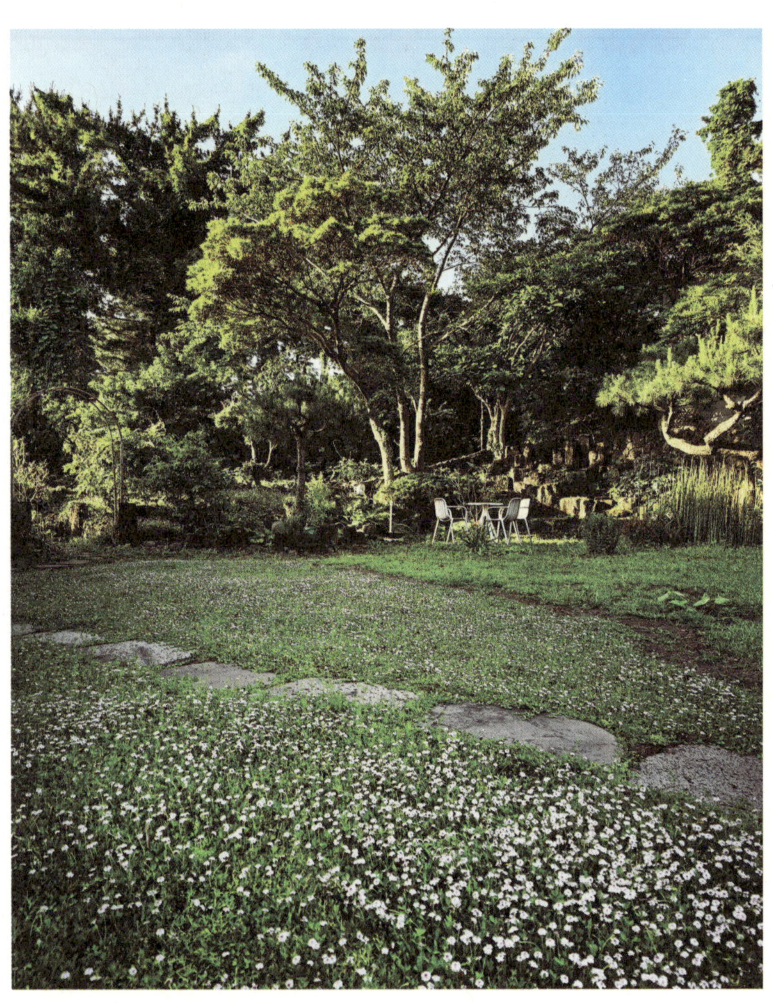

나는 작은 꽃을 선호해 화단 관리에 더 손이 가는 편이다. 장미도 꽃이 작은 종이어서 가까이 가서 들여다봐야 돌 밑에 피어 있는 것을 알 수 있을 정도이다. 작년에 잔디를 일부 파내고 거기에 밟아도 되는 겹물망초를 심었다. 작은 흰꽃들이 마당의 일부를 완전히 덮는 봄부터 늦가을 사이에 손님이 오면 놀라곤 한다. 작고 연약하게 핀 꽃들을 밟고 다닌다는 것에 놀라고, 밟을수록 모양이 예뻐지고 튼튼해진다는 사실에 놀란다. 겹물망초들은 아직 땅에 바짝 붙어 말라 있는 듯 보이지만 지운 것을 되살리려는 갈색으로 숨을 쉬고 있다.

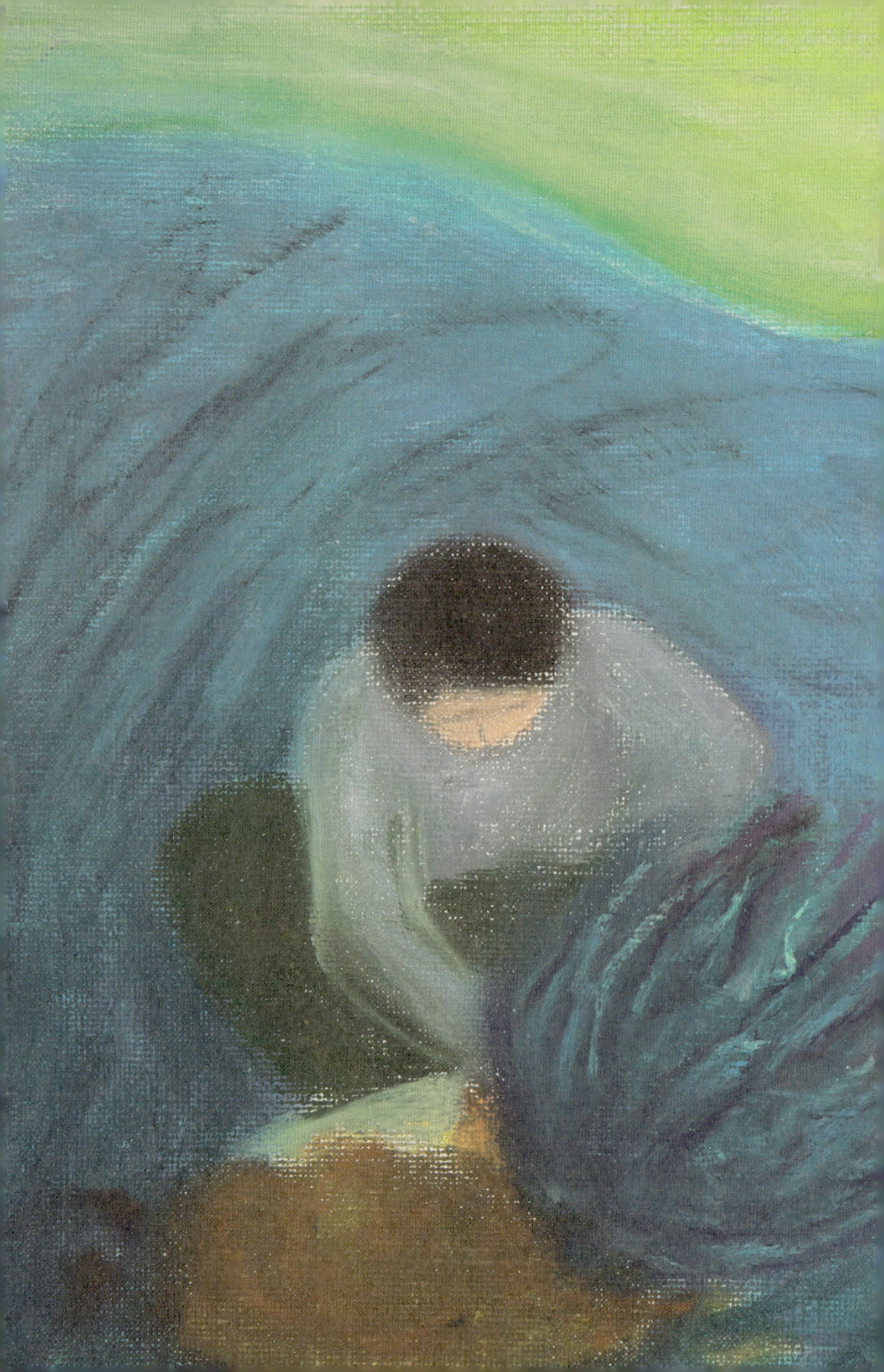

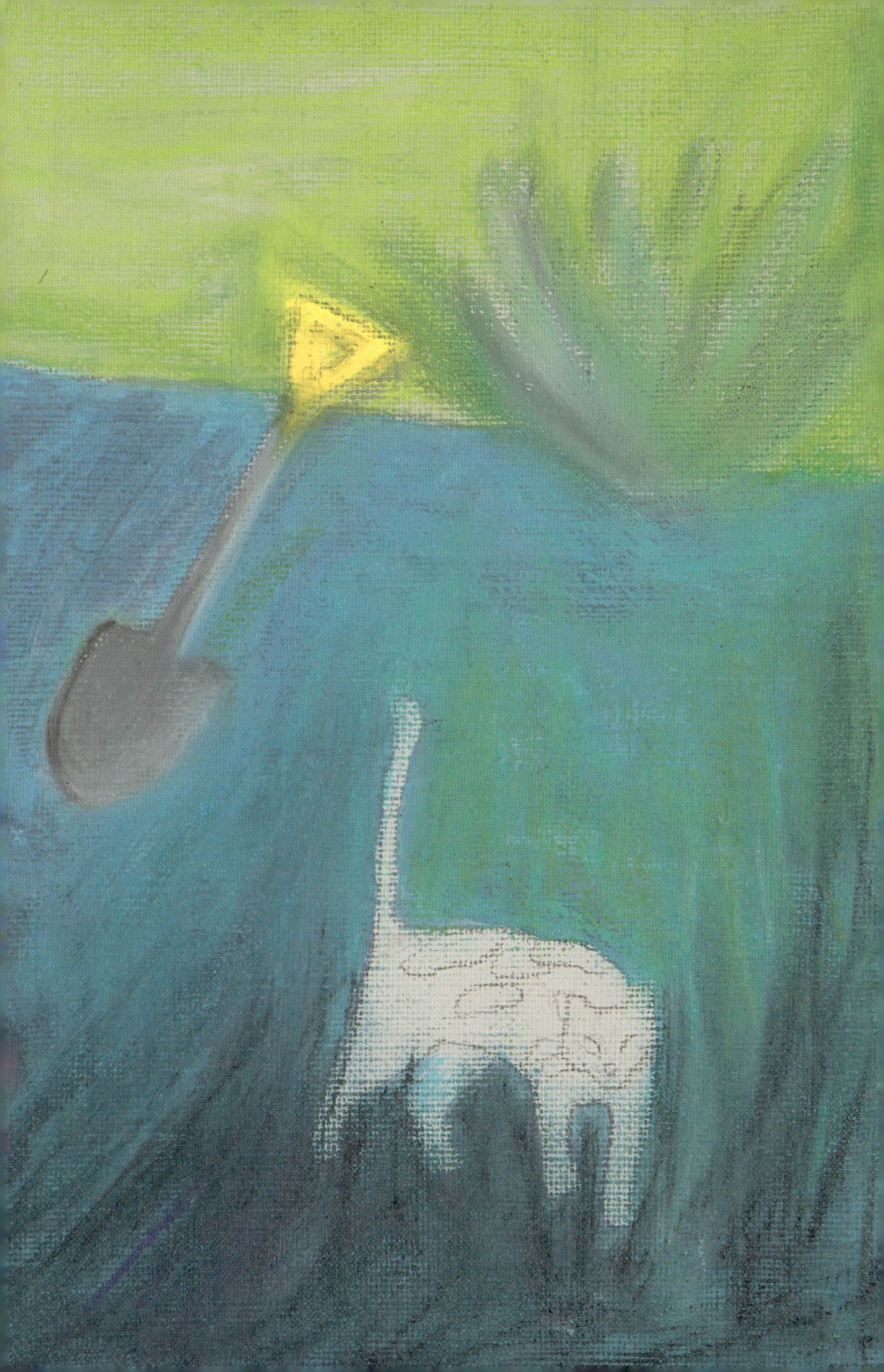

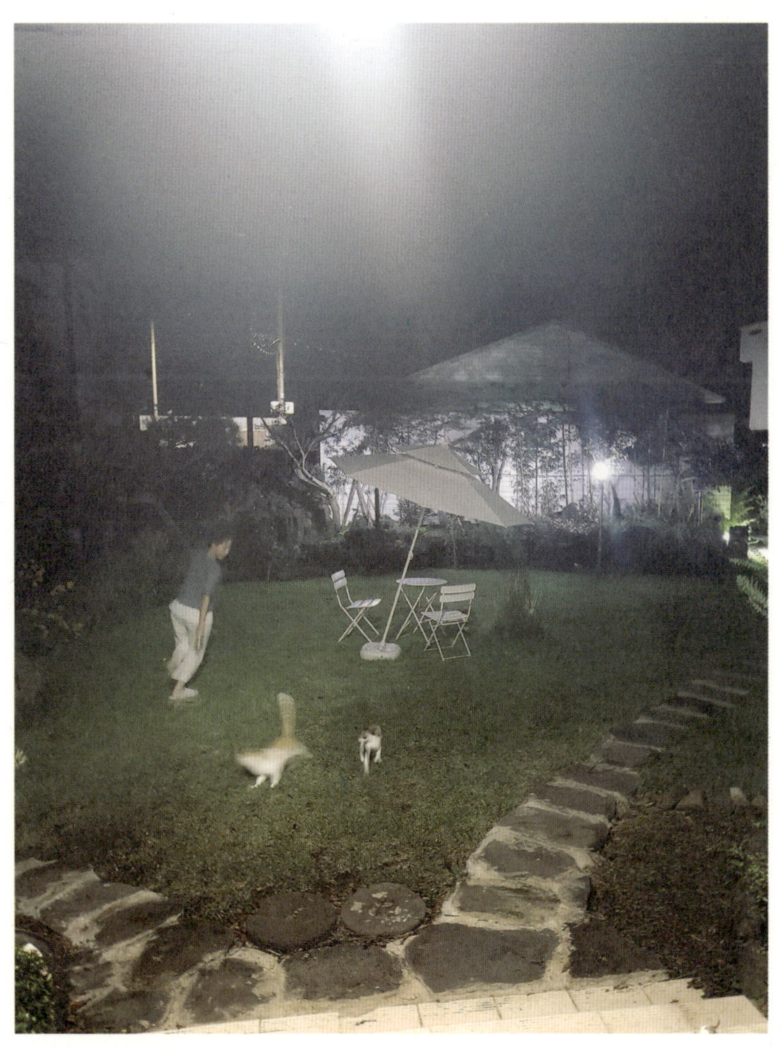

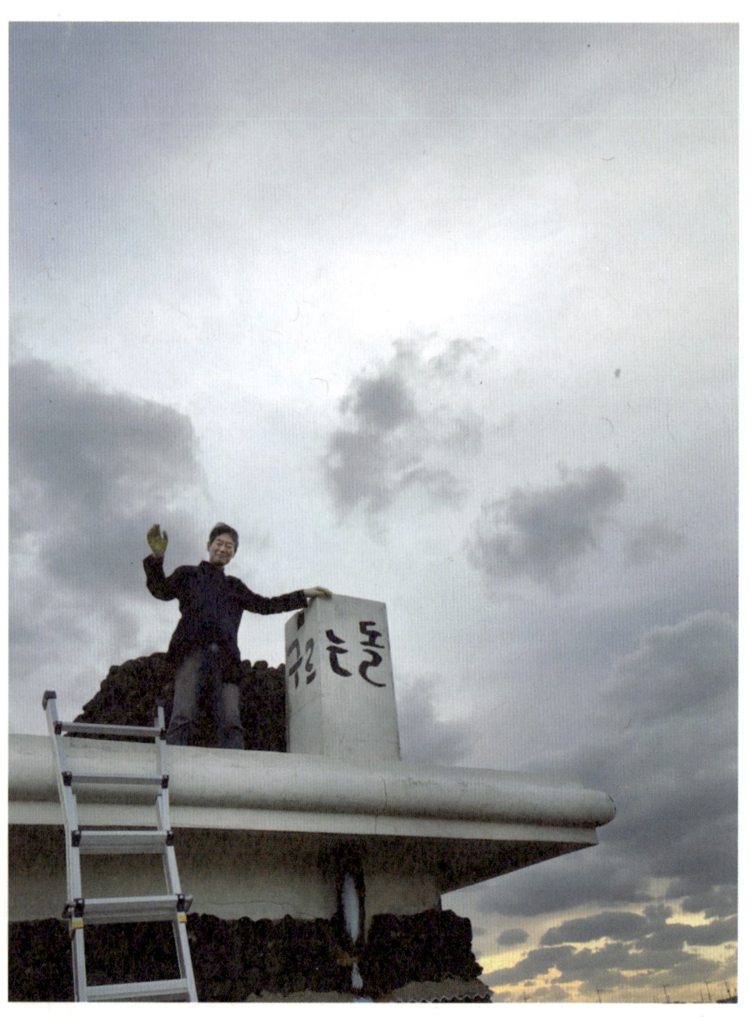
구눈돌

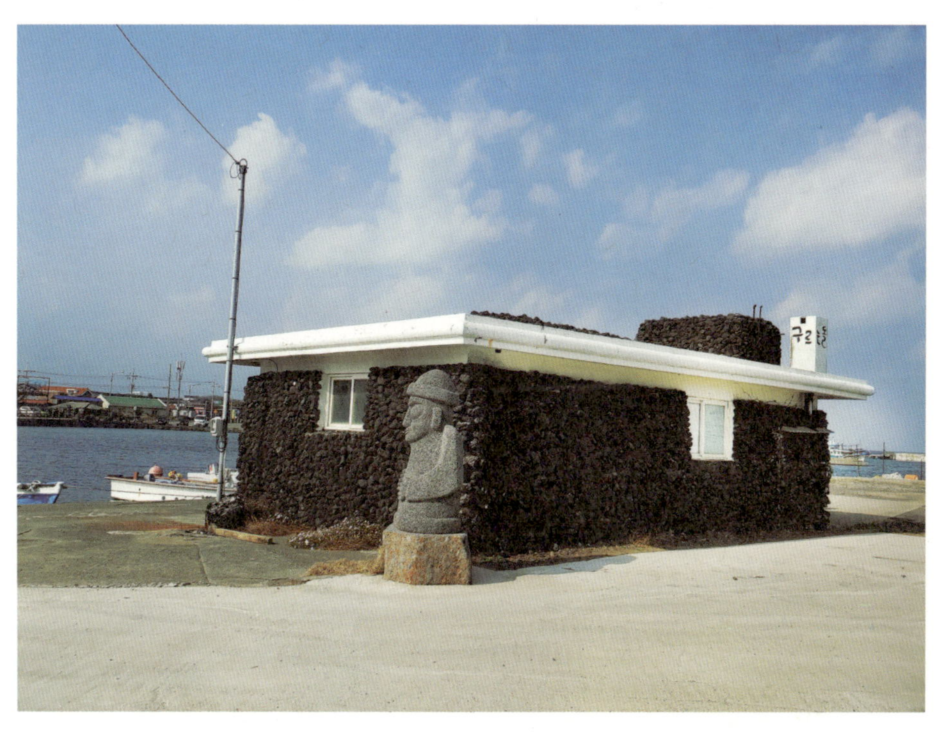

중산간 마을에서는 자연 바닷가 쪽으로 내려가는 일이 잦다. 우리는 볼일 때문이든 아니든 일단 중산간 마을을 내려가면 바닷물에 손을 찍고 온다. 때론 해맞이 해안로를 지나 신산환해장성로까지 한 시간 여를 줄곧 달리다 걷기 좋은 곳에 차를 세우고 산책을 한다. 그러다보니 언제부터인가 우리가 가장 좋아하는 해안 도로에 아내의 화실을 구해주고 싶은 마음이 생겼다.

어느 날 나는 전화를 걸어 용무를 밝히고 아내와 함께 행원리 어촌계를 찾아갔다. 그리고 어촌계장을 만나 이야기를 나눈 끝에 어촌계 정기회의가 열릴 때 의논해 가부를 알려주겠다는 답을 들었다. 한 달쯤 후. 그렇게 수조가 딸린 큰 공간 하나와 작은 공간 두개가 더 있어 쓰임새도 많아 보이는 해녀탈의실을 오년 계약으로 임대하고, 간단한 리폼 공사를 거쳐 아내의 화실로 만들었다.

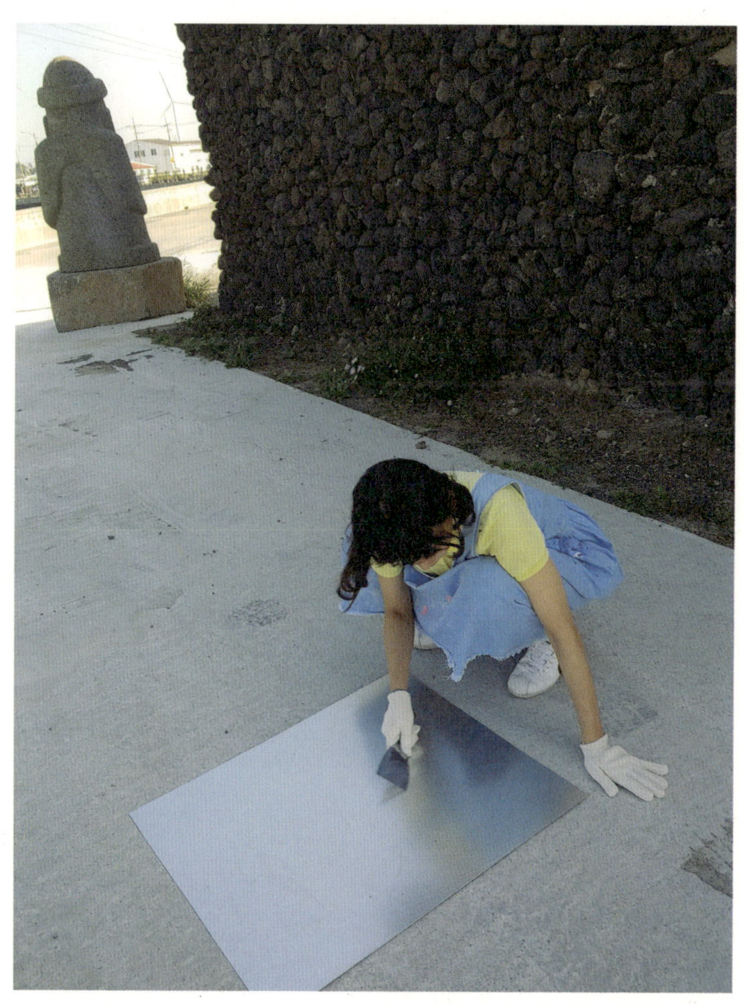

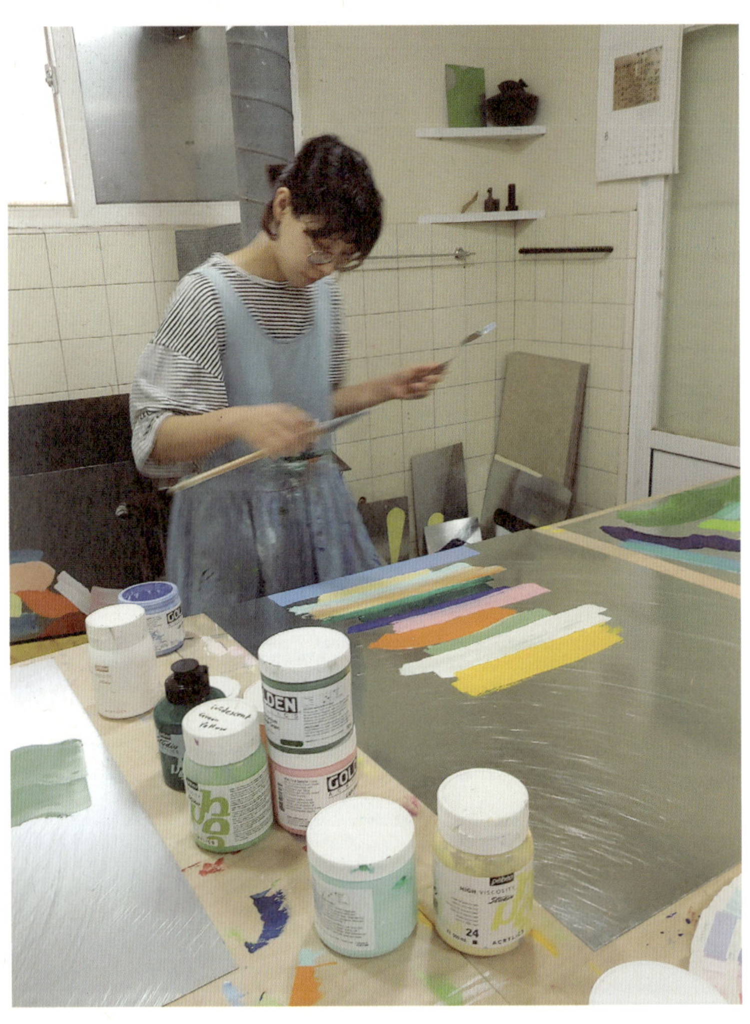

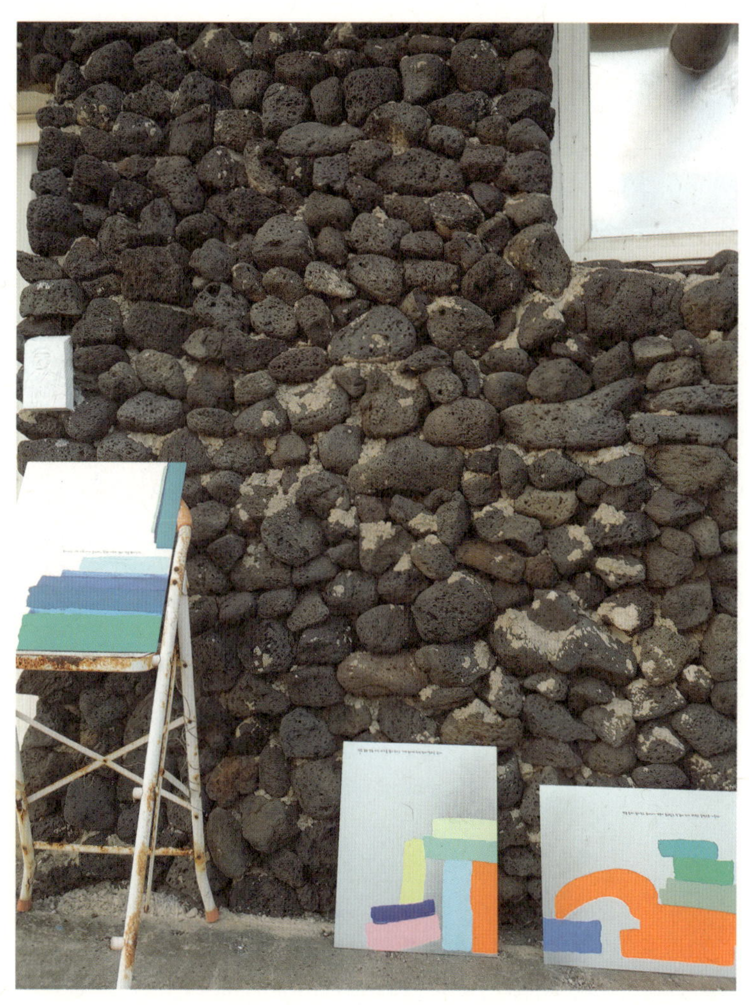

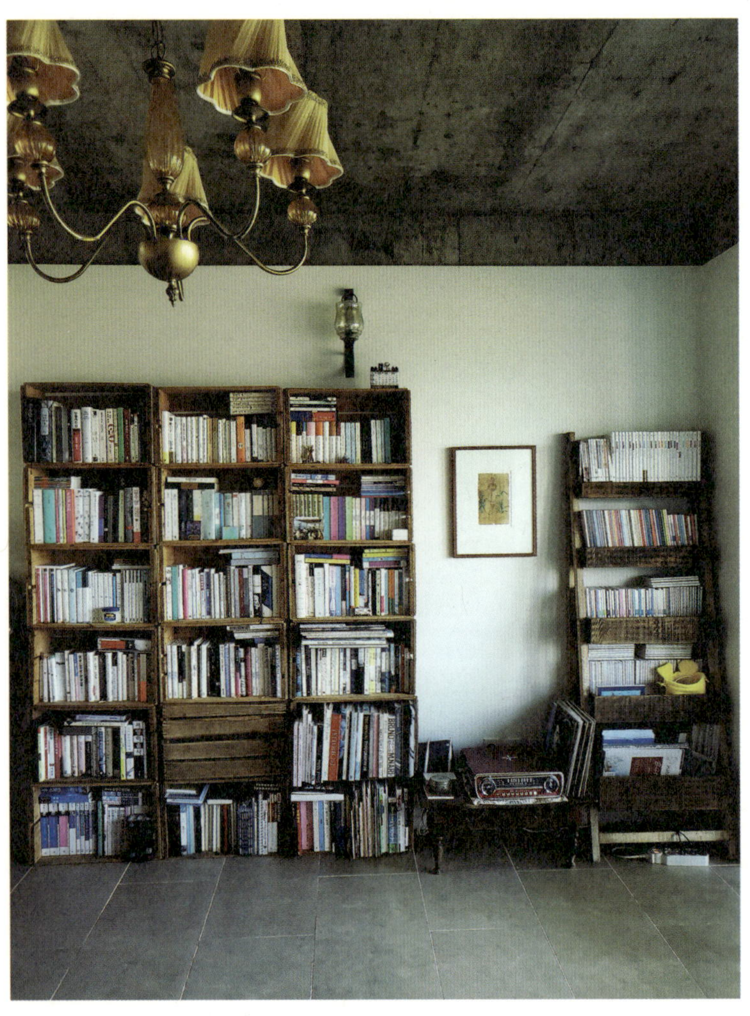

제주에 와서 책에 빠져 살았다. 사랑하는 사람과 읽고 혼자라도 읽었다.
사랑하는 사람이 쓴 책과 쓸 책을 읽었다. 그리고 집에 널린 아름다운 책들을
손에 잡히는 대로 보고 또 보았다. 개념상으로는 구분이 가능하지만 나와 너,
나와 책, 그림 작업과 춤추기는 분리될 수 없는 하나로서 지금 나와 함께
있다. 우리는 섬에 있다. 그리고 섬으로써 있다. 진부하지 않아서 좋다.
찌질하지 않아서 행복하다. 아, 다른 시간이다.

「결혼·제주 사랑하는 사람에 대해 말해보라」, 화가 정인희의 작업 노트(2019년) 중에서

이제 책은 무궁무진한 이야기와 지식과 정보를 담은 널직한 종이 뭉치가 아니라
움직이는 책이며 나를 작동시키는 책이다. 그게 나를 흥분케 한다. 나에게 책은
사람이고 외로운 사랑을 하는 사람이다. 가만히 있지를 않고, 나를 가만히
놔두지도 않는다. 책은 내 앞에서 춤을 추기 시작한다. 우리 함께 춤을 출 수
있을까, 라고 내게 물으며.

「결혼·제주 사랑하는 사람에 대해 말해보라」, 화가 정인희의 작업 노트(2019년) 중에서

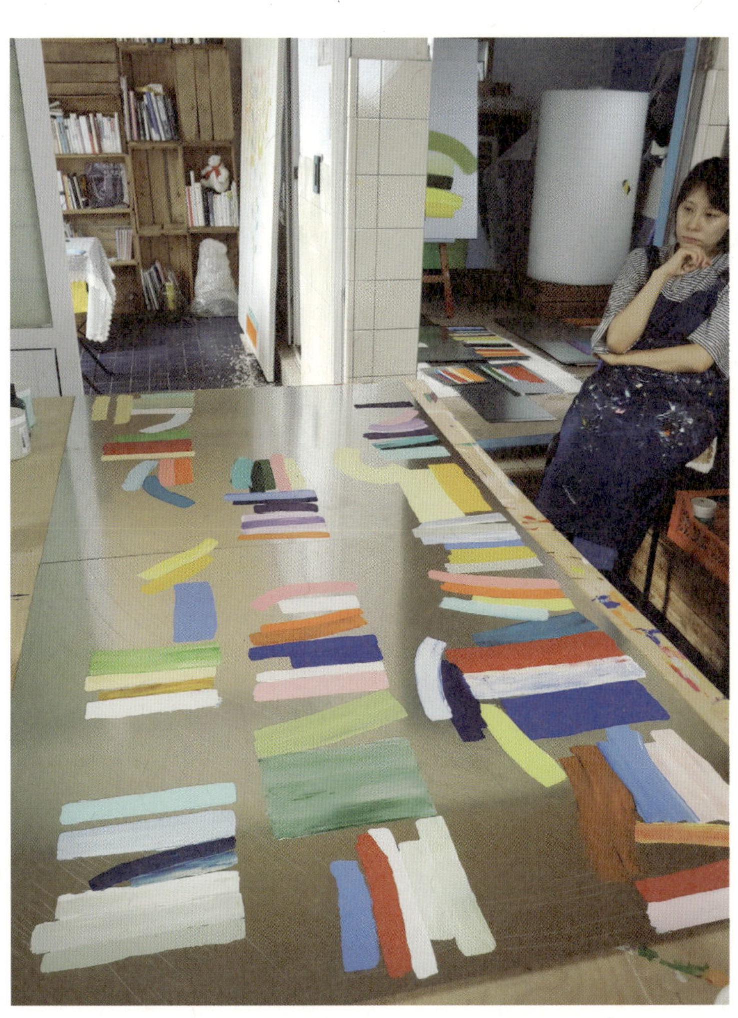

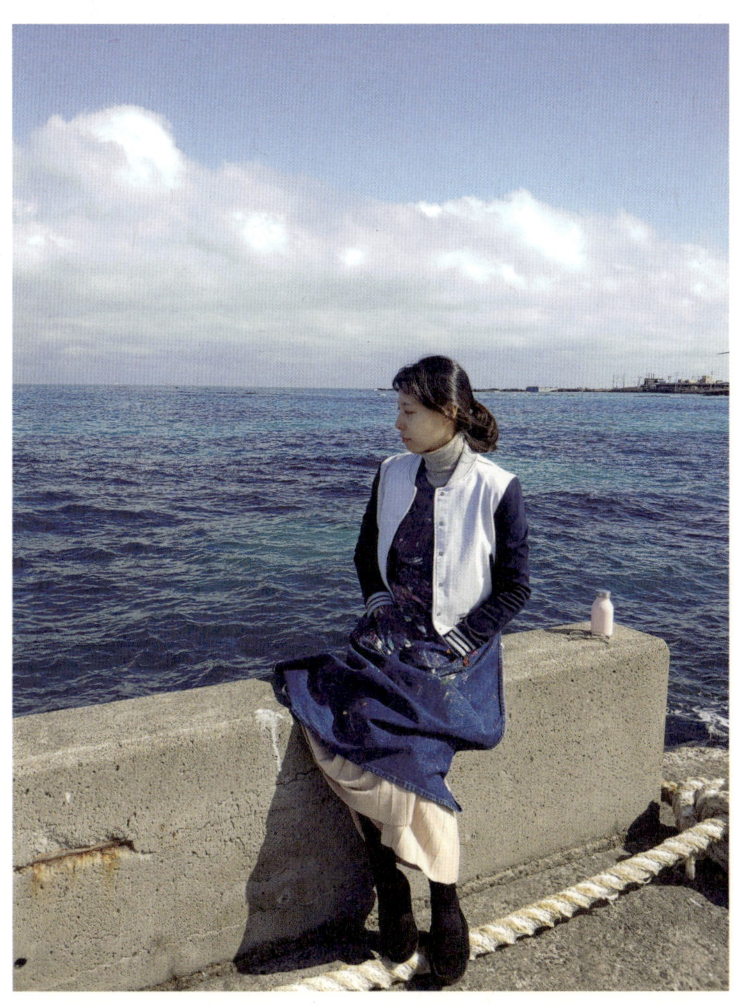

바다다. 바다는 내가 알고 있는 모든 종교의 가장 너른 제단이다. 나는 그래서
바닷가에 오두막을 세우고 또 허물곤 했을까. 비어 있는 곳을 찾아다니고 도리
없이 길이 끊긴 곳을 찾아가 살던 젊은 날의 나는 늘 짐짝 내리는 소리를 내며
끙끙거린 것이다. 부안, 고창, 우도, 강진, 강릉, 고흥 등지에서 내가 울지 못하고
우는 시늉만 하는 것도 어디론가 가지 못하고 가는 시늉만 하는 것도 바다는 다
알고 있었으며 보고 있었으리.

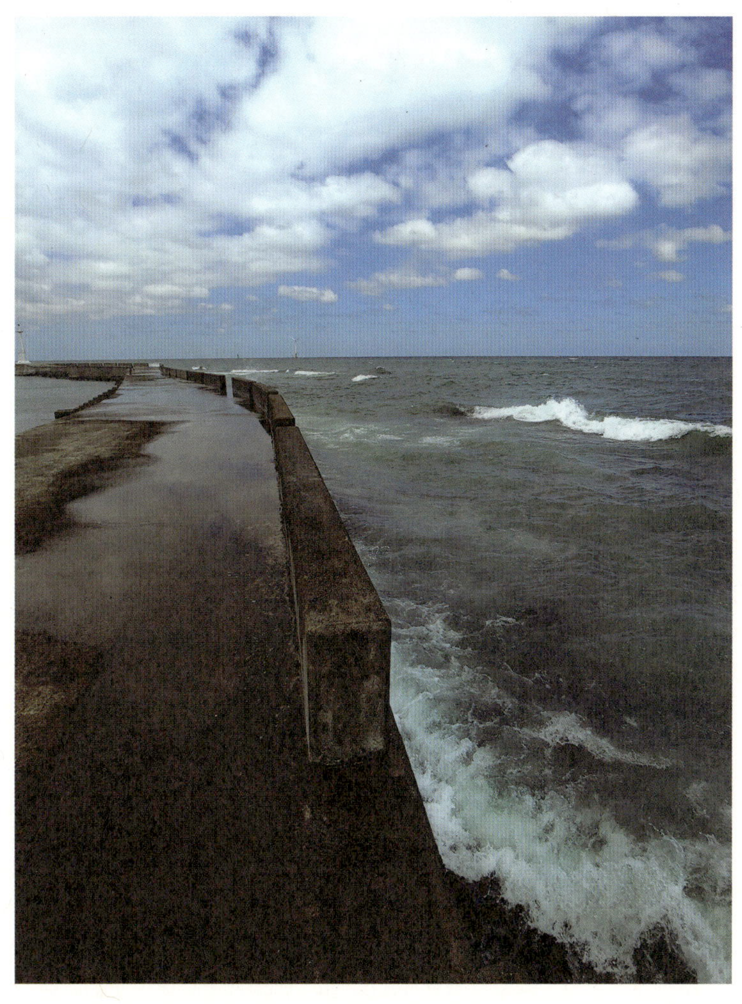

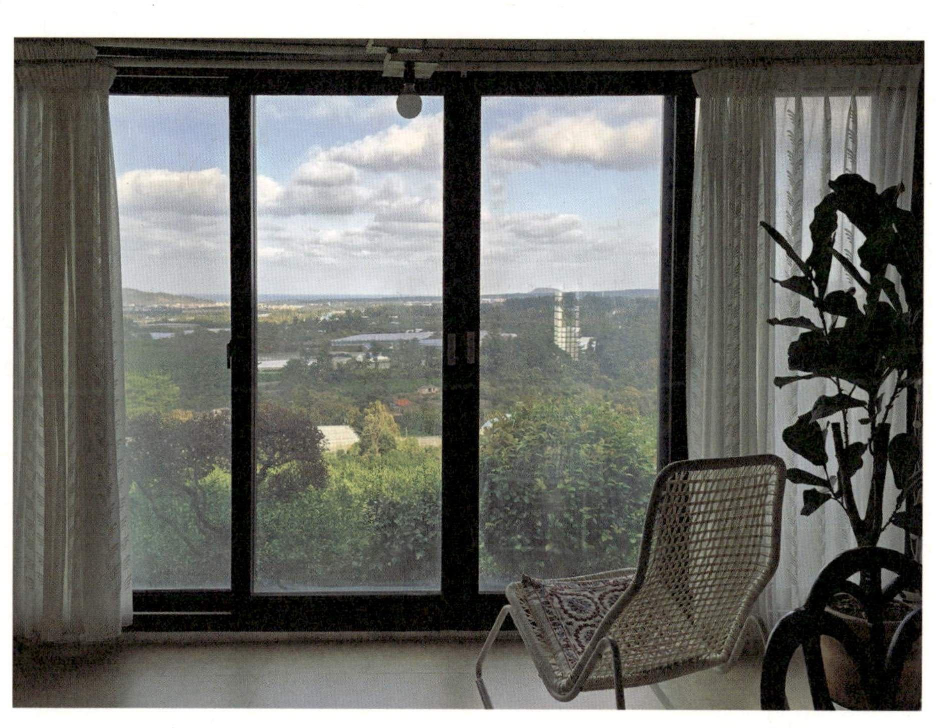

점심을 먹고 책상에 앉아 있자니 한바탕 싸락눈이 쏟아지며 뒷마당을 구르고 동백나무 잎사귀를 때리며 보석처럼 굴러떨어지는 것이 꼭 딴 세상 같다. 마치 시 같은 것을 끄적거리고 있는 나에게 얼빠진 수작하고 있다는 듯.

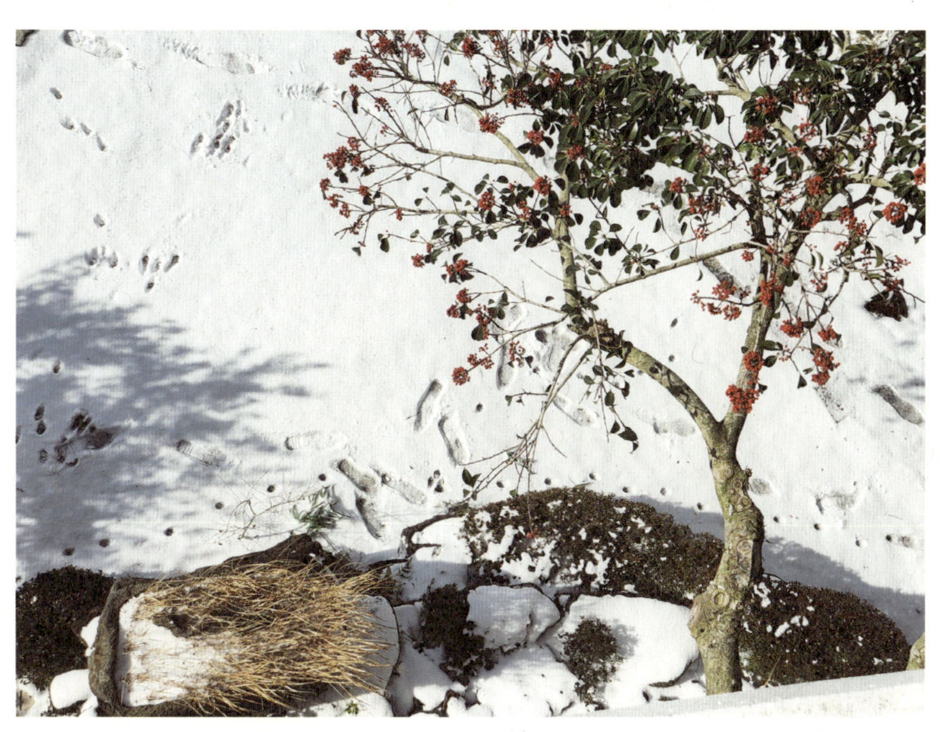

그래도 나는 흰 종이에 뭔가를 쓰다 지운다. 알 듯 모를 듯한 세계와 풍경들의 체험인 이 시간에 나는 점멸되는 공허와 공연이 끝나고 내리는 색종이 같은 이 토록 하염없이 오는 눈을 보며 모호하지만 알 수 있는 것, 불가사의하지만 분명한 것, 그런 것을 생각하고 있다. 꾸지나무나 닥나무 속껍질을 끓이고 두들기고 말려서 만든 종이처럼 종이 위에서 내 생각은 들뜨고 찢어지고 다시 이어 붙여진다. 강한 바람에 남쪽으로 쏠린 먼나무와 담팔수의 줄기들이 연못을 가릴 만한 몸체로 흔들리기 시작하고, 나무들은 새처럼 바람을 타며 공중에 떠 있다. 하얀 무광 햇살을 걸친 채.

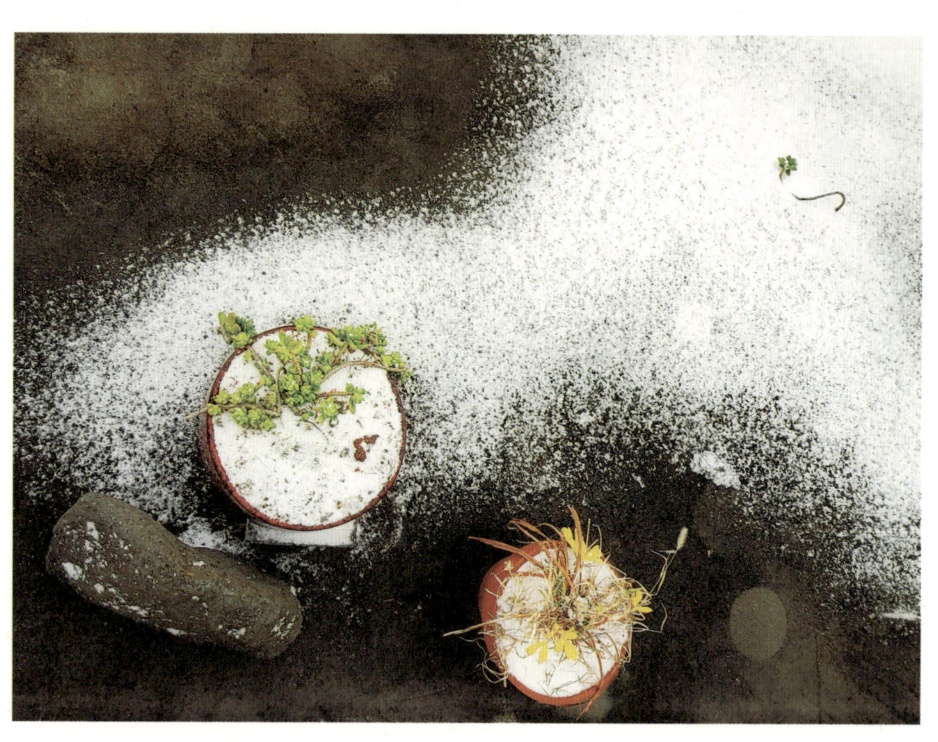

점심은 대개 아내가 차려주는 것을 먹는다. 아내는 간편 요리의 대가이다. 종일 그림 작업에 매달려야 하는 사람이라 몸에 좋은 것을 간편하게 차릴 수 있는 일종의 우리집 패스트푸드를 늘 생각해낸다. 말하자면 빨리 먹을 수 있되 건강한 음식으로 승부를 본다는 태도인데, 그런 점에선 나와 닮아 있다. 가령 음식으로 먹을 수 있는 뿌리, 잎, 줄기, 열매까지 통째로 들어가는 비빔밥을 만들거나 양념이 덜 들어가는 맑은국을 얼른 끓여내는 것이 대체로 아내의 요리 스타일이다. 원래 사람의 소화기관은 채식동물과 유사하대, 라고 아내는 말한다. 이하 동문이다.

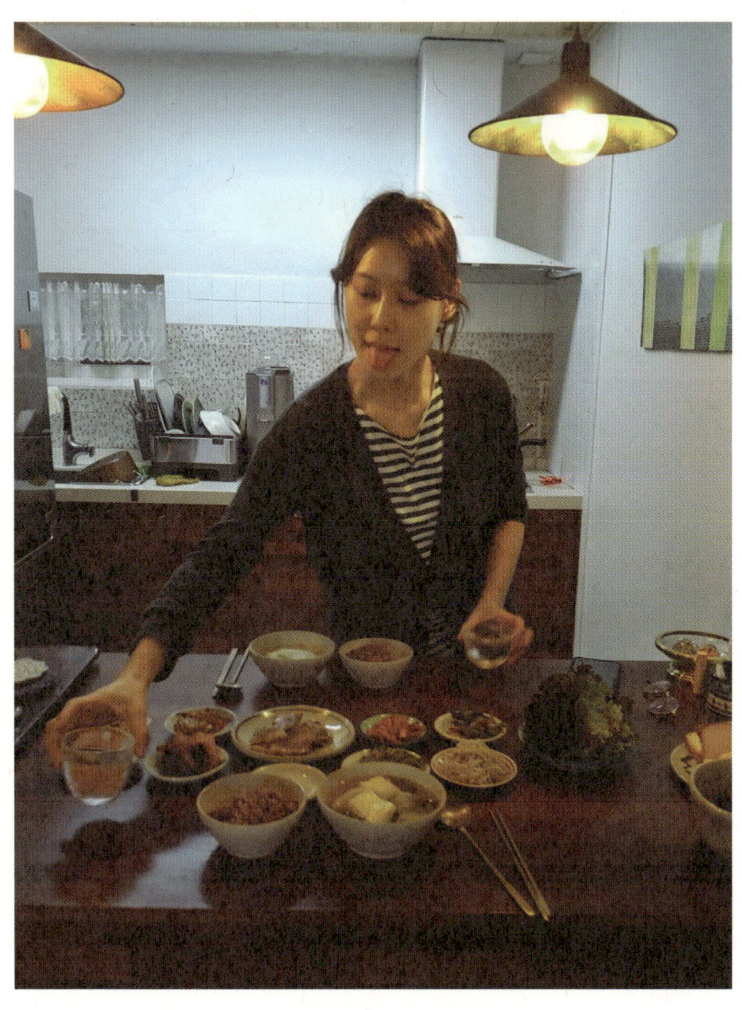

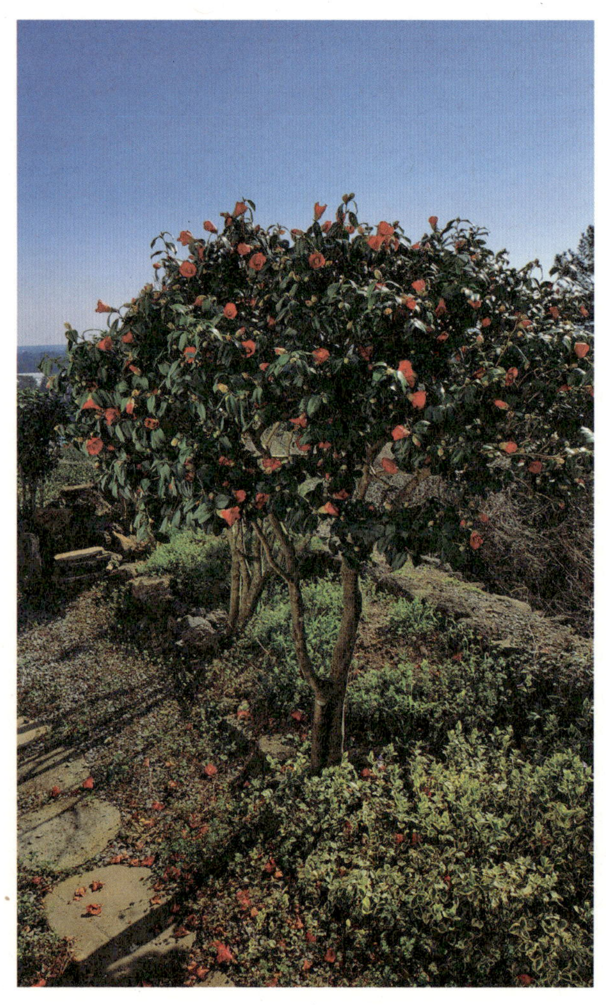

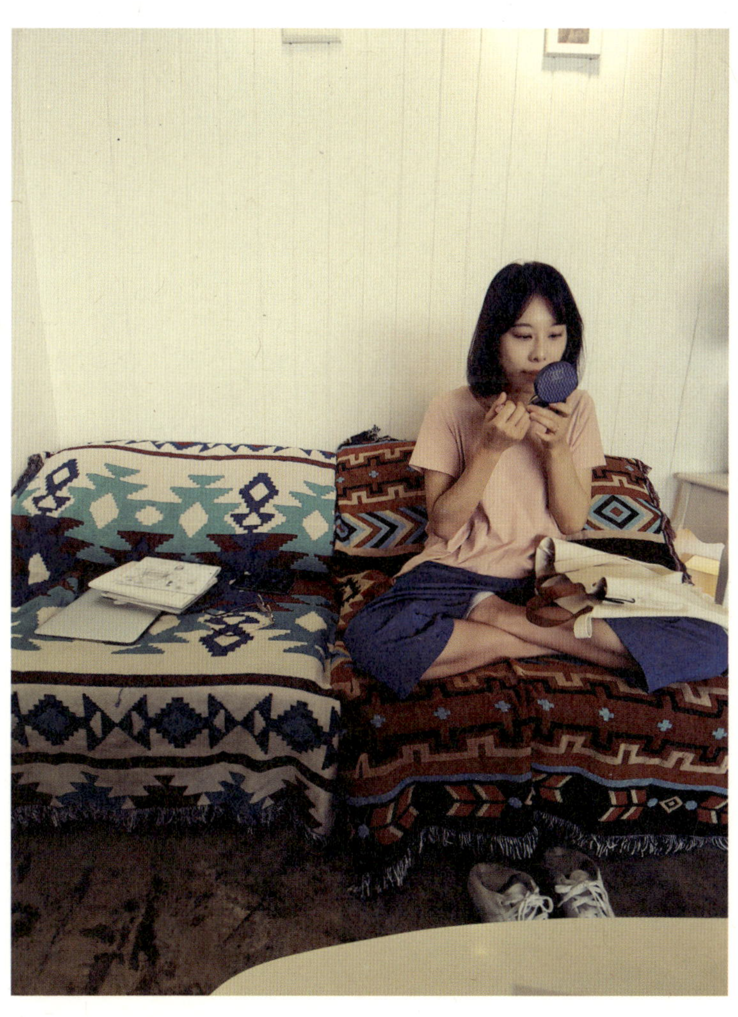

늙수그레한 사람을 감싸주는 희미한 햇살, 이제 그럴 필요가 없다는 생각이 들 때까지 어쨌든 한창때의 나이는 아니니 무엇이든 정성을 다해야겠다는 다짐을 한다. 해가 중천일 때 이근화 시인이 보내준 새 시집을 집어들었다가 아내가 해내온 토마토 스튜로 저녁을 먹은 후 시집을 마저 읽고선 후다닥 안경을 벗어 던진다. 그만큼 요즘엔 시집 한 권을 한자리에서 통독하는 게 쉽지 않다. 시력, 정신 집중력, 체력이 예전만 못하니 엉덩이 붙이고 있는 게 힘이 들 수밖에 없다. 이제 시가 좋아 단숨에 시집을 읽었다는 말은 빈말로도 할 수 없다. 이런 이야기를 하면 아내는 말한다. 내가 꼭 당신 백 살 넘도록 건강하게 살게 해줄 테야.

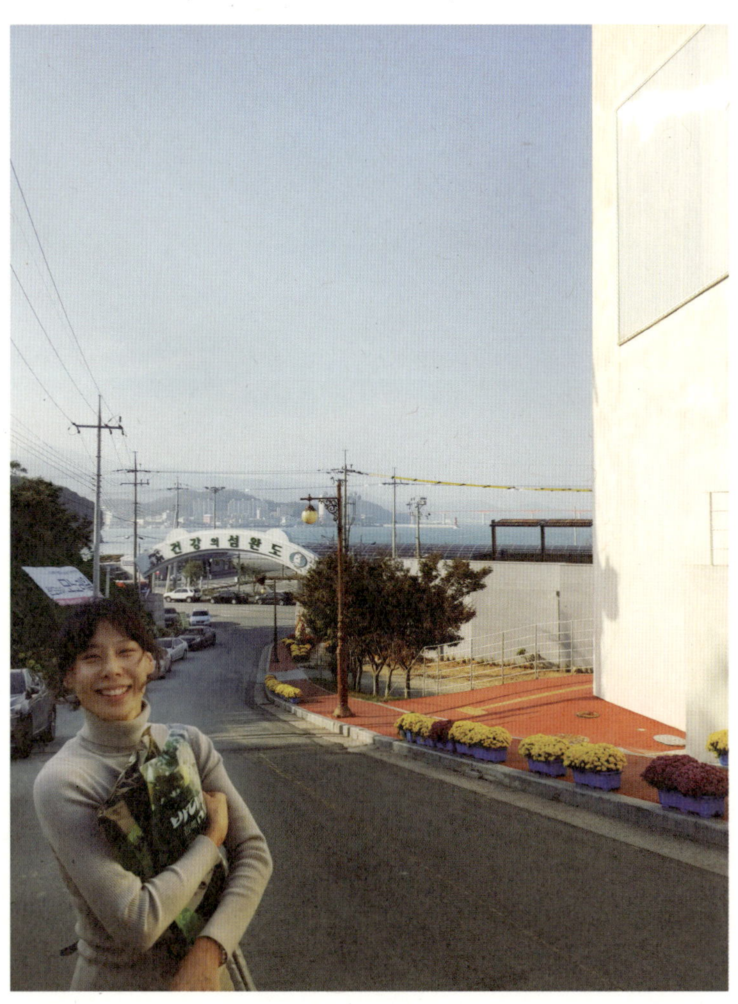

건강의섬 완도

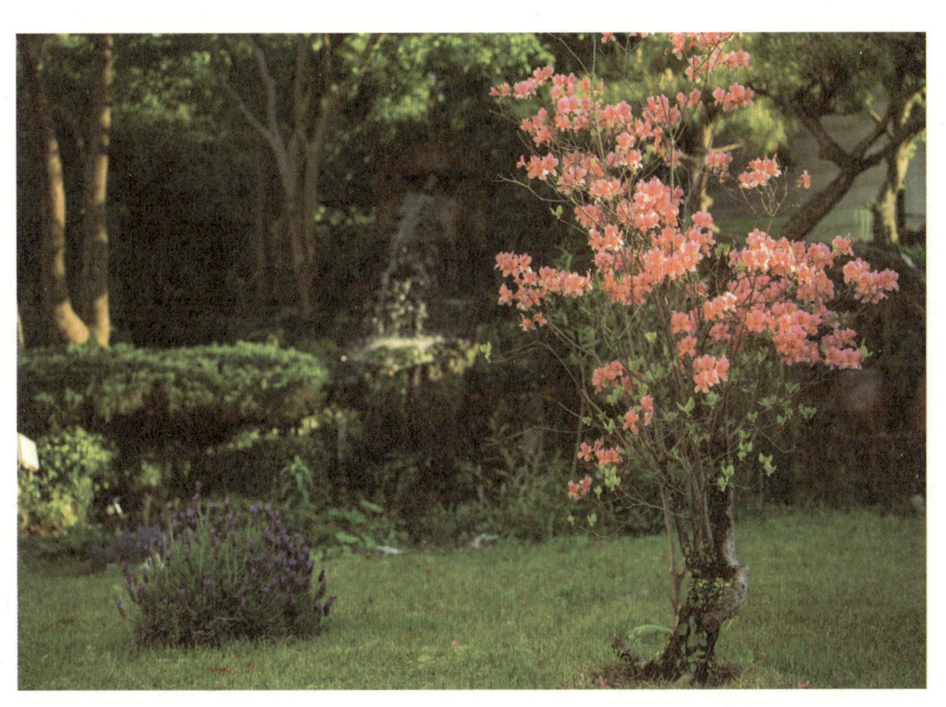

대개 나를 찾아오는 사람들을 만나는 곳이 아내가 하는 카페다보니 좋은 점이
두 가지 있다. 하나는 내가 커피값을 안 내도 되고, 다른 하나는 보아야 하리라
하면서도 못 보는 지인들을 보다 수월하게 만날 수 있다는 것이다. 일이 있어 제
주에 오는 반가운 벗들이 비행기를 타야 하는 일정이 빠듯하다보면 "왔다 간다"
고 전화만 하고 가는 경우가 많다. 올해 초 갑작스레 아내가 월정리에 카페를 열
고 일주일에 두어 번 나도 나가 앉아 있게 되니까 카페 구경 삼아 자연스레 나를
만나러 오는 지인들이 늘었다.

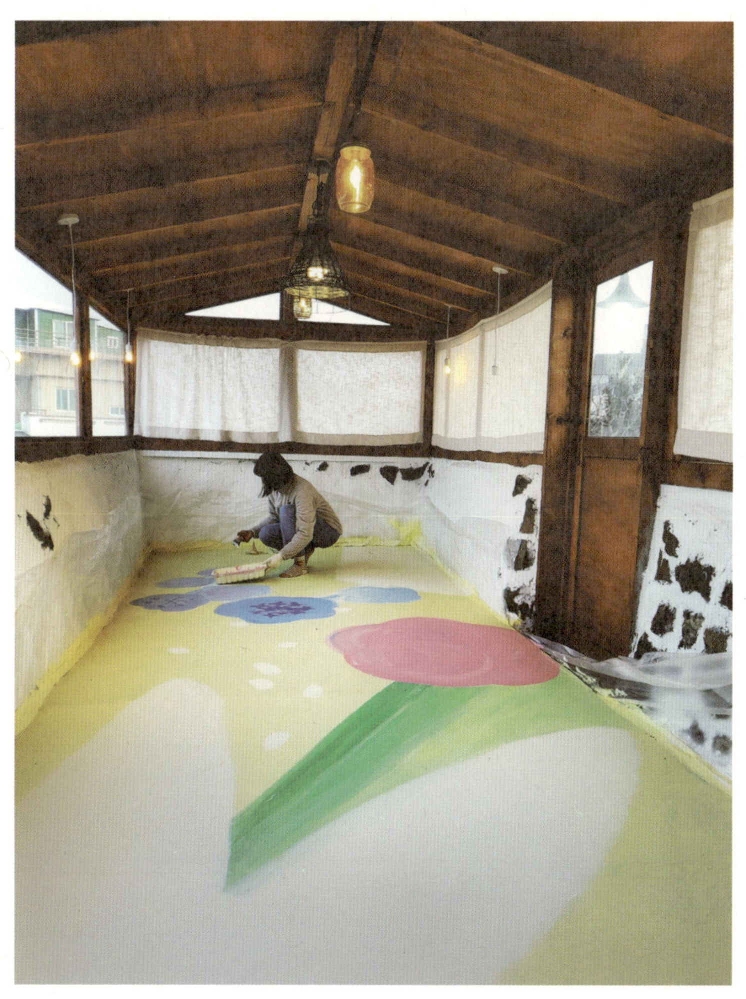

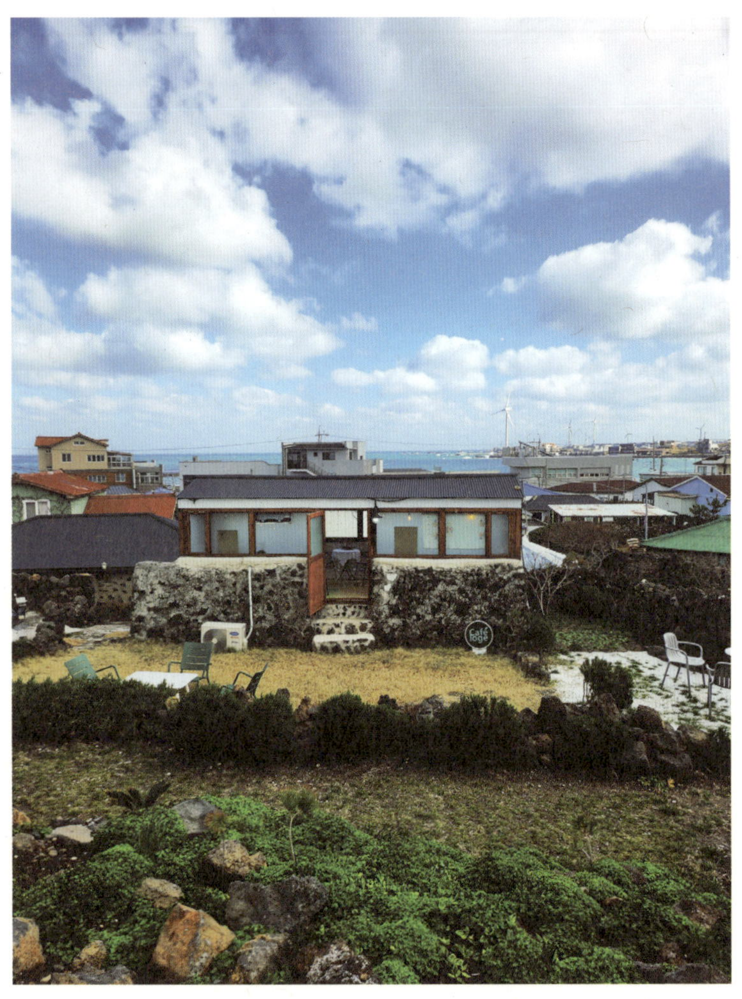

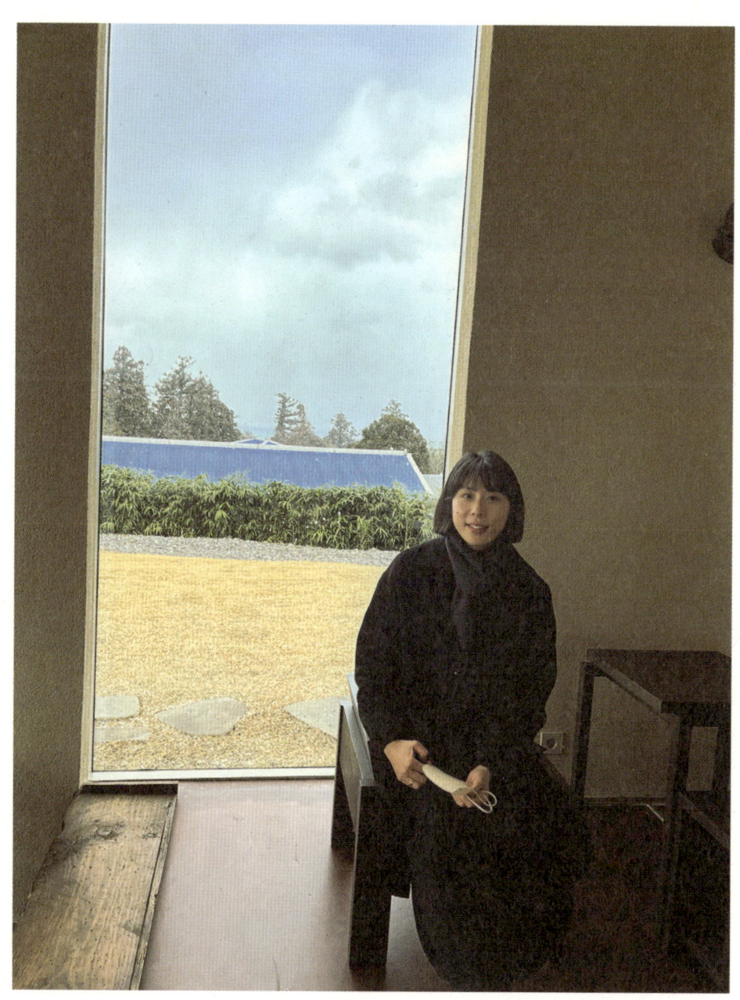

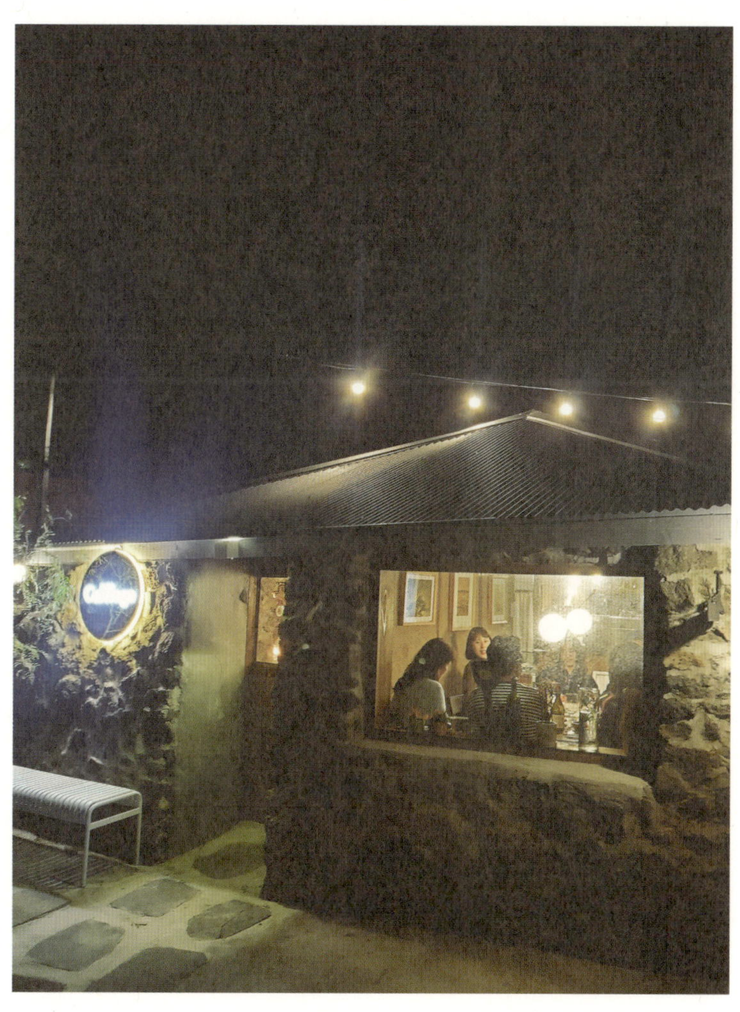

귤밭엔 귤나무와 귤 열매만 있는 게 아니라 정적과 나른함과 귤잎에 반짝이는
햇빛이 있고, 찬찬히 보면 뿌려져 있는 퇴비, 잡풀과 돌멩이, 나무토막과 떨어진
잎, 사방으로 연결된 급수관과 스프링클러, 암반들이 있고 암반 근처 빈 땅엔 달
리아가 달리아 옆엔 해바라기가 심어져 있다. 거기에다 눈에 보이지 않지만 많은
생물이 어김없이 제 방식으로 제자리를 차지하고 살고 지나다니고, 울고 노래하
며 함께 있다. 한데 인간이 무수히 겪으면서 그랬듯이 이런 곳엔 추락을 부추기
는 생심이 있고 거기에 엮인 비명과 외침이 메아리치는 장면이 있다. 그리고 내
가 떨어지지 않으면 아무 소용이 없는 협곡인 시구 하나가 기다린다.

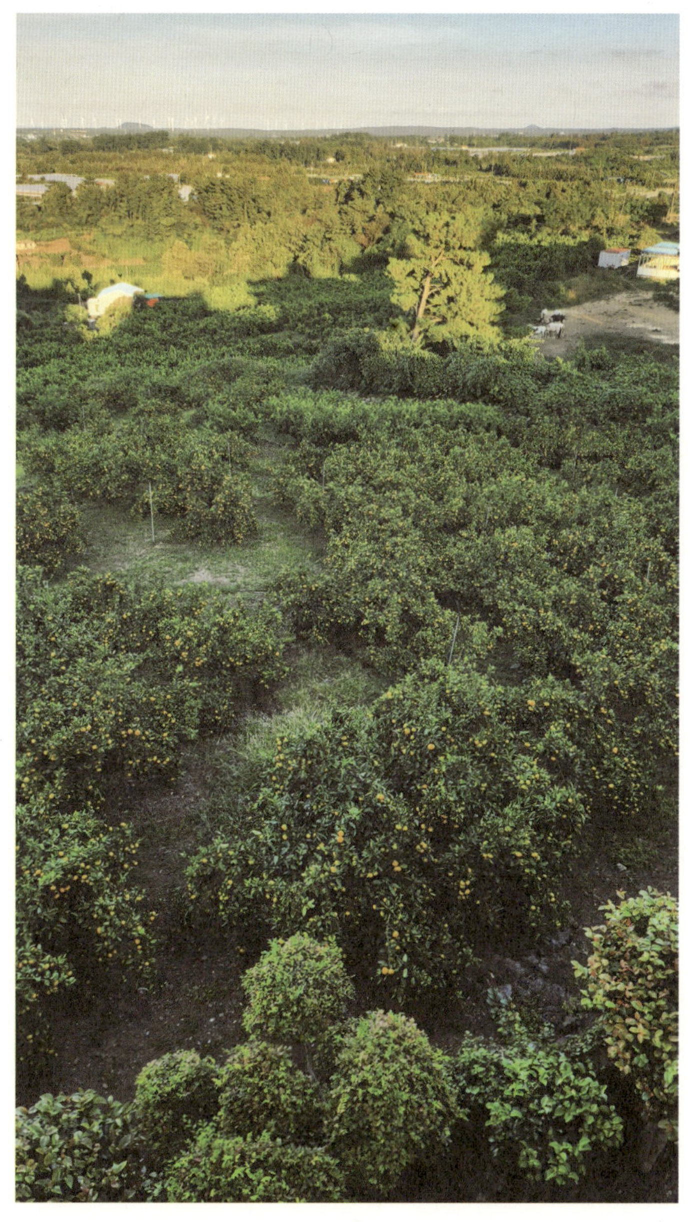

무엇을 꿈꾸랴. 정원엔 미술 같은 풍경이 있어 햇빛이 가지 사이로 떨어지면 잔물결 일듯 살아 있는 것들의 색은 일제히 몸을 떤다. 나는 화단 한쪽에서 안경 알을 닦으며 아내가 잡초더미를 담장 가로 모으는 것을 본다. 그리고 온도가 몇 도 떨어질 때까지 사실은 색이 조심스레 더해지고 나눠지고 사라지기도 하는 정원 주위를 오래 보고 있다. 이런 삶도 방랑의 하나인데, 흰눈처럼 풀씨 날리는 벤치에 앉아 서로의 무릎 위에 다소곳이 마른 손을 포개고 있는 노부부의 모습은 지금 어디쯤 오고 있을까. 10월의 햇빛은 잔디와 돌들의 뿌리에 닿고, 고양이의 발끝까지 보드랍게 내려간다. 정원의 모든 가을꽃들의 낮잠 속으로 함께 들어가려는지 나비 한 마리가 수풀에 앉는다.

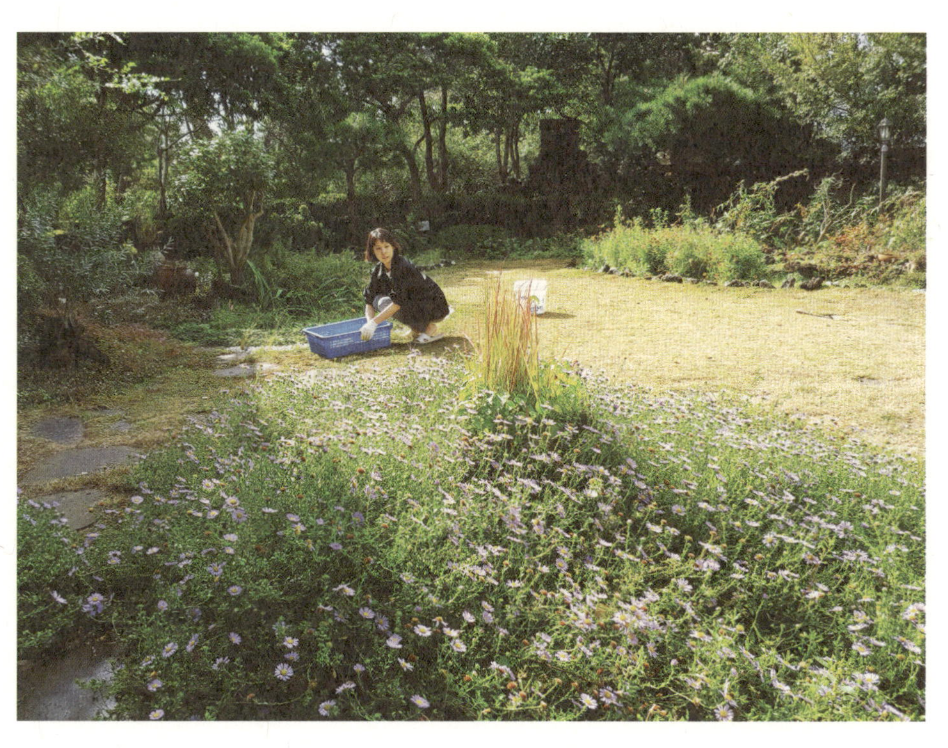

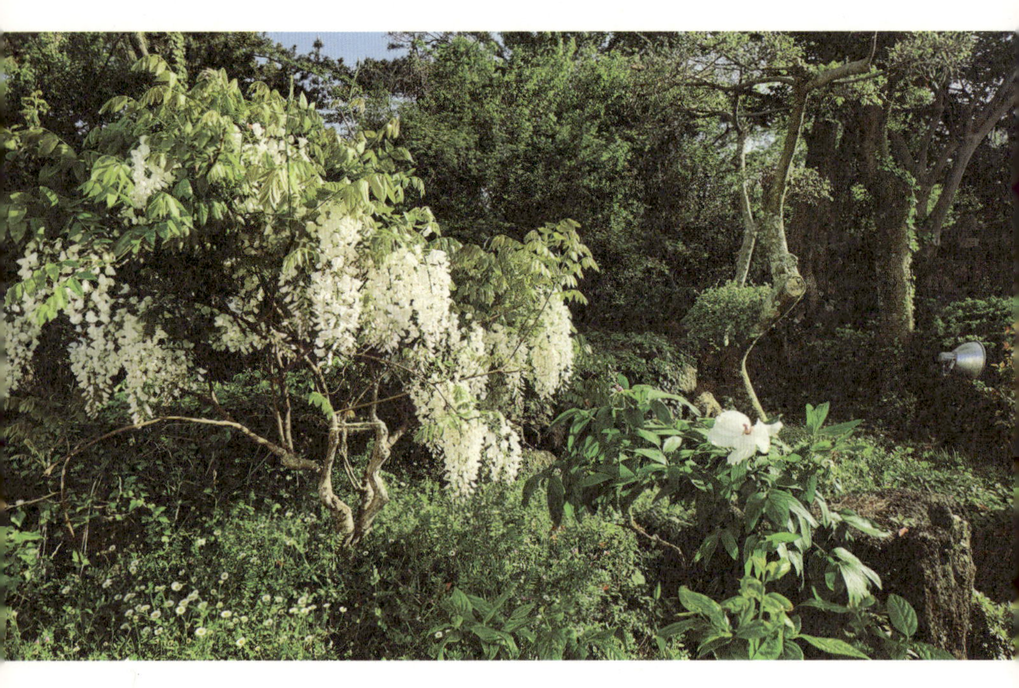

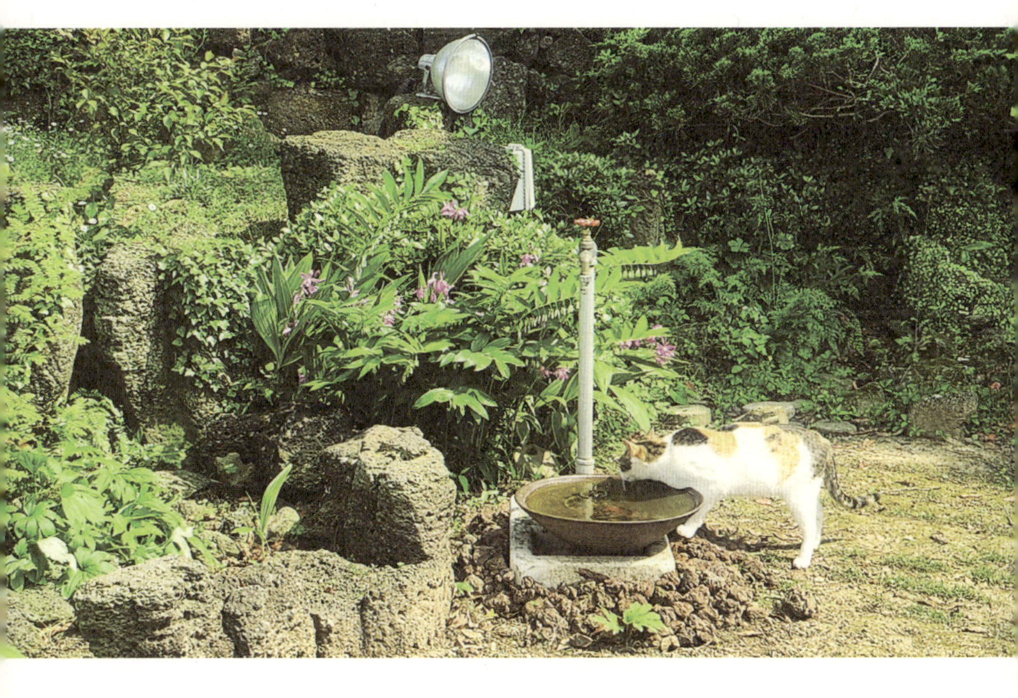

마당은 그냥 마당이 아니다. 가만히 들여다보면 갖가지 빛과 그늘들이 모여
나름대로 움직이고 사라지고 변신한다.

빛물기 머금은 아침의 풀밭, 마당의 징검돌, 기지개 켜는 고양이, 뒤집어진
우산, 연못 위에 떨어지는 빗물, 담팔수 잎과 하얀 눈으로 뒤덮인 뜰. 제주의
정원 풍경이다. 안아주고 싶은 이런 풍경들을 날마다 계절마다 누리며 살아간다.
이번 작업의 키워드는 정원, 적막과 고요, 환상이다. 그 속에서 느끼지 못했던
것들이 점점 다가와 경이와 환희를 안겨 준다.

「결혼·제주 사랑하는 사람에 대해 말해보라」, 화가 정인희의 작업 노트(2021년) 중에서

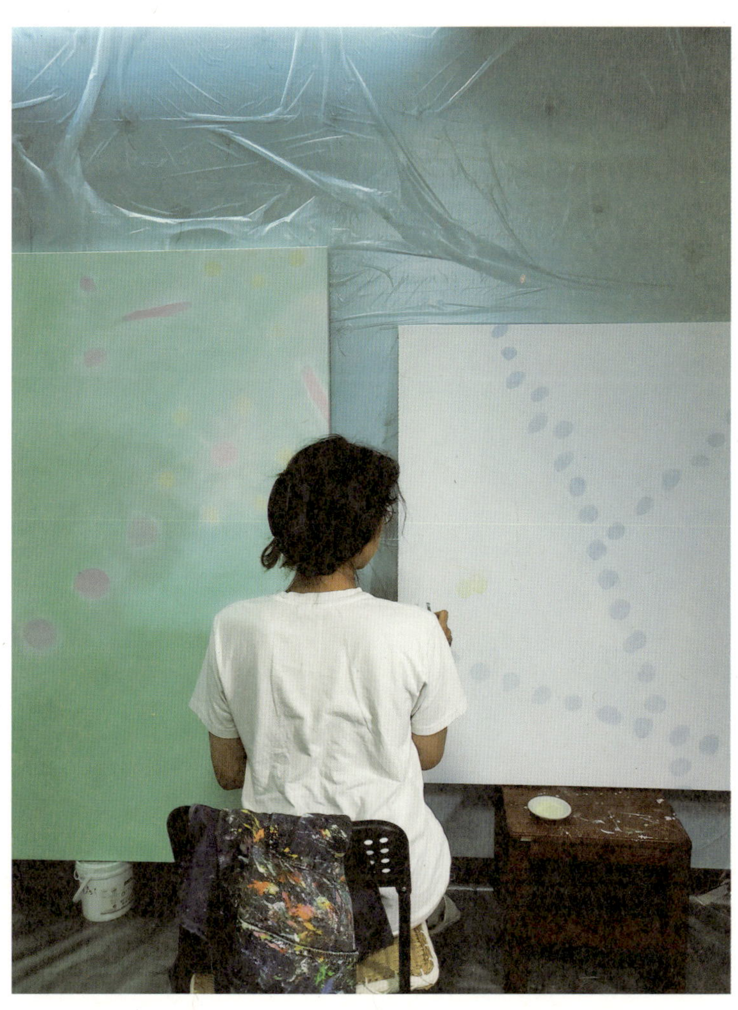

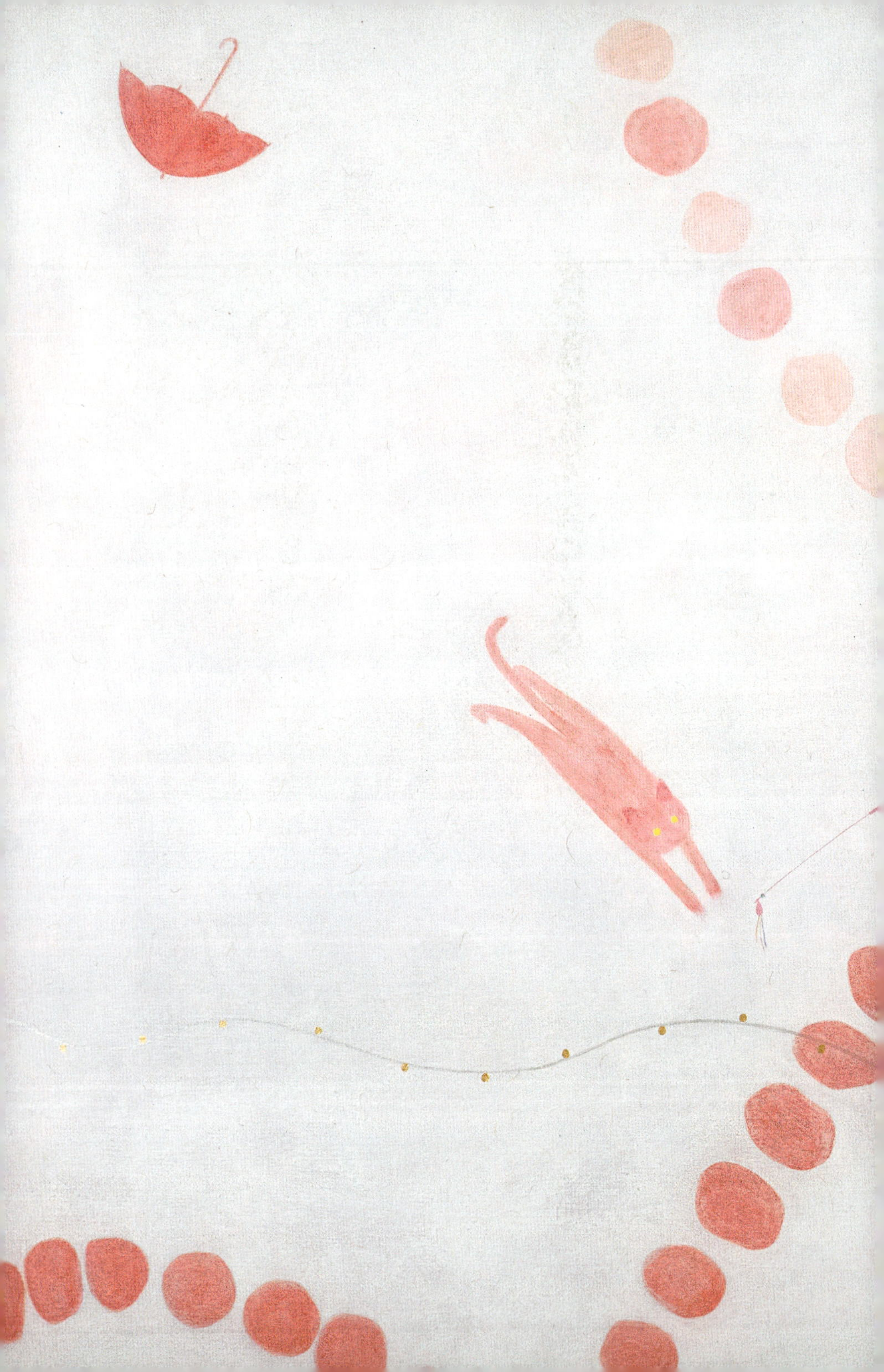

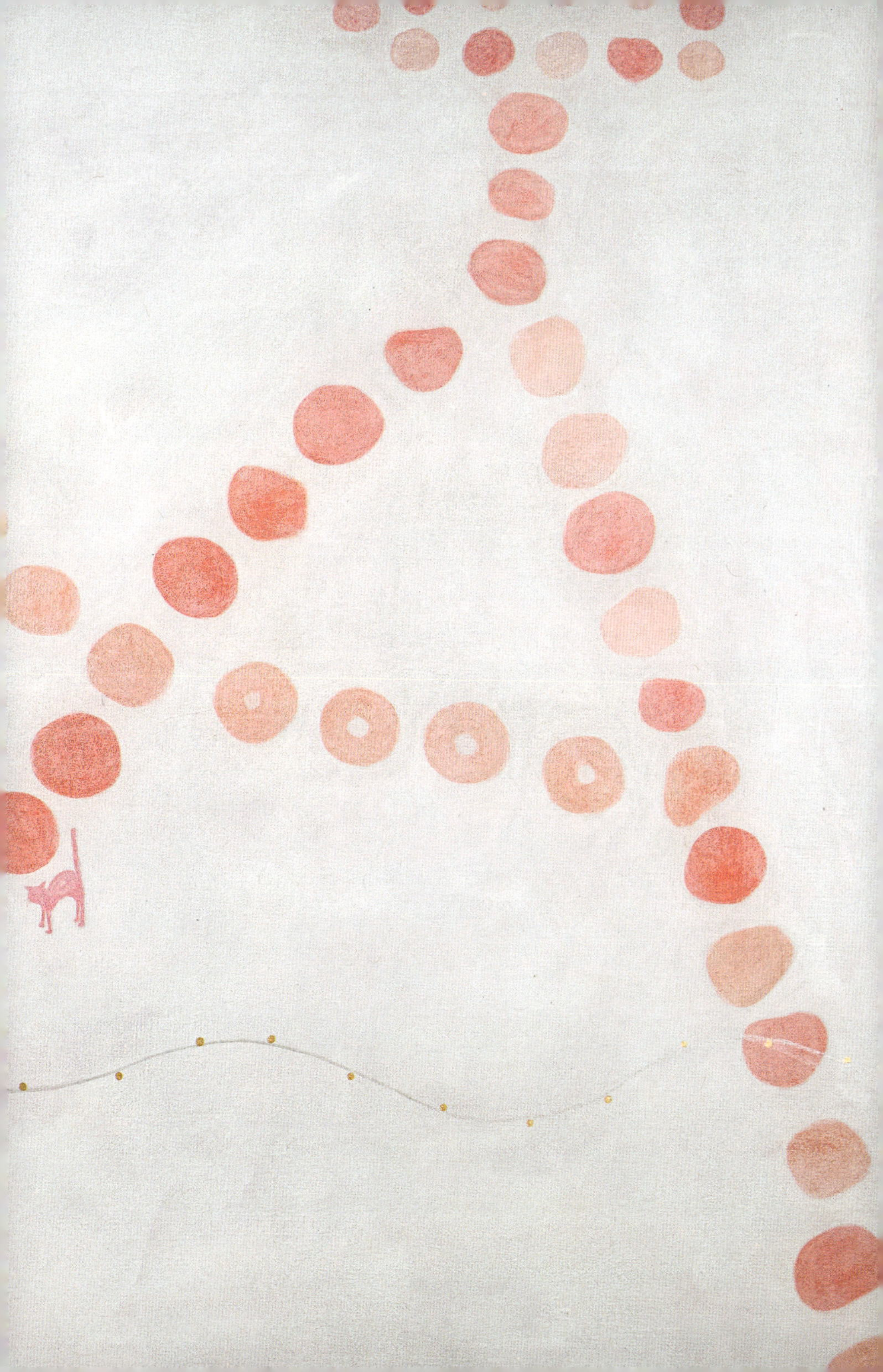

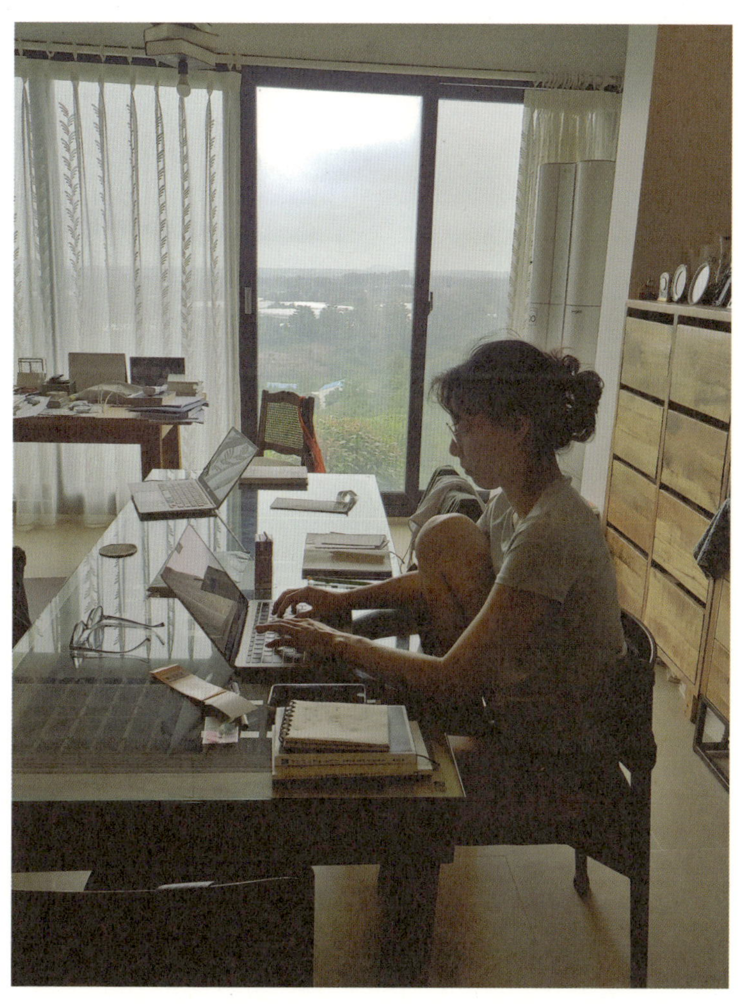

불현듯 해를 가린 해무 속에서 마른강 근처에 지어 놓은 느티나무 고목들의 공중누각을 만난다. 자연의 섭리는 종종 인간이 구획할 수 있는 모든 관습적 개념들을 가로지르며 비상한다. 이 경계 지우기, 몸이 무거워진 짙은 구름이 수런거린다. 이내 빗소리가 느티나무를 흔들고 해무의 들판을 두드리기 시작하면 삽시간에 와홀리 땅은 채색의 화폭으로 번진다. 그 피고 스러짐이 세상에서 찰나인 듯 신비롭다. 순간과 영원이 공존하는 경이로운 비밀의 화원, 이토록 자유분방한, 이토록 물큰하고 쓸쓸한, 뜨겁고 쿵쾅거리는 심장의 울림으로 나를 감싸는 들판의 향연은 때로 아무리 애를 써도 앞으로 가지지 않는 인간의 걸음을 별들처럼 반짝이는 메밀꽃밭 앞에 세운다. 이 기이한 아름다움은 '생명력'이라는 가장순수한 형태로 자신의 본질을 드러내며 일렁인다. 나는 여기에서 무슨 말을 가지면 좋을까.

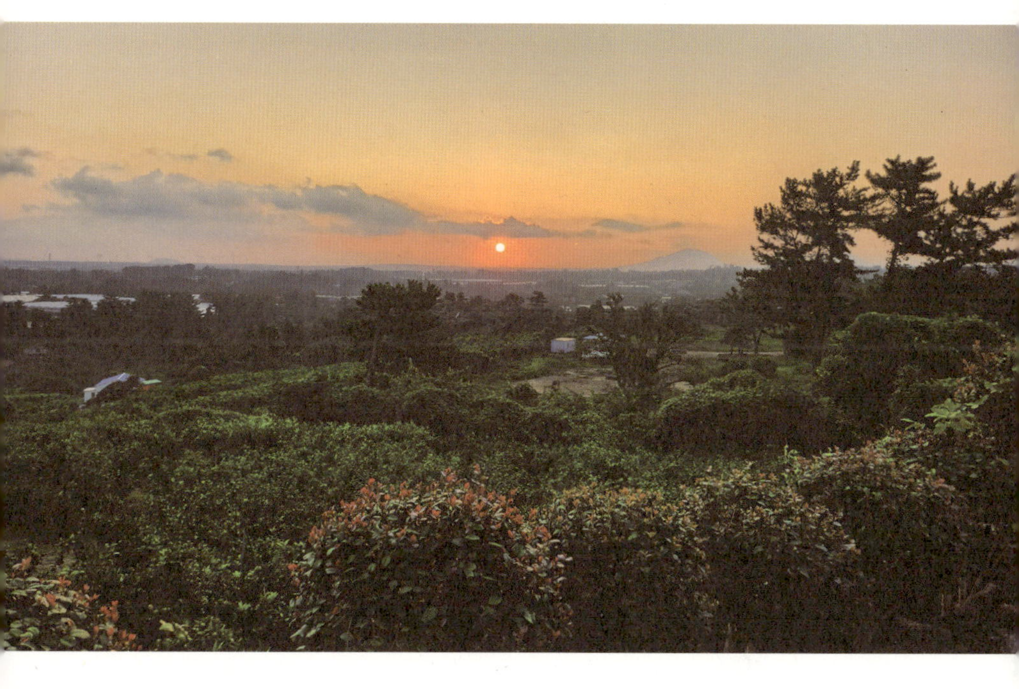

내게 집이란 먼 곳에로의 떠남과 돌아옴이 교차하는 플랫폼 같은 공간이며,
어쩌면 인간에겐 그런 곳이 가장 편안함을 주는지도 모른다는 생각을 한다.

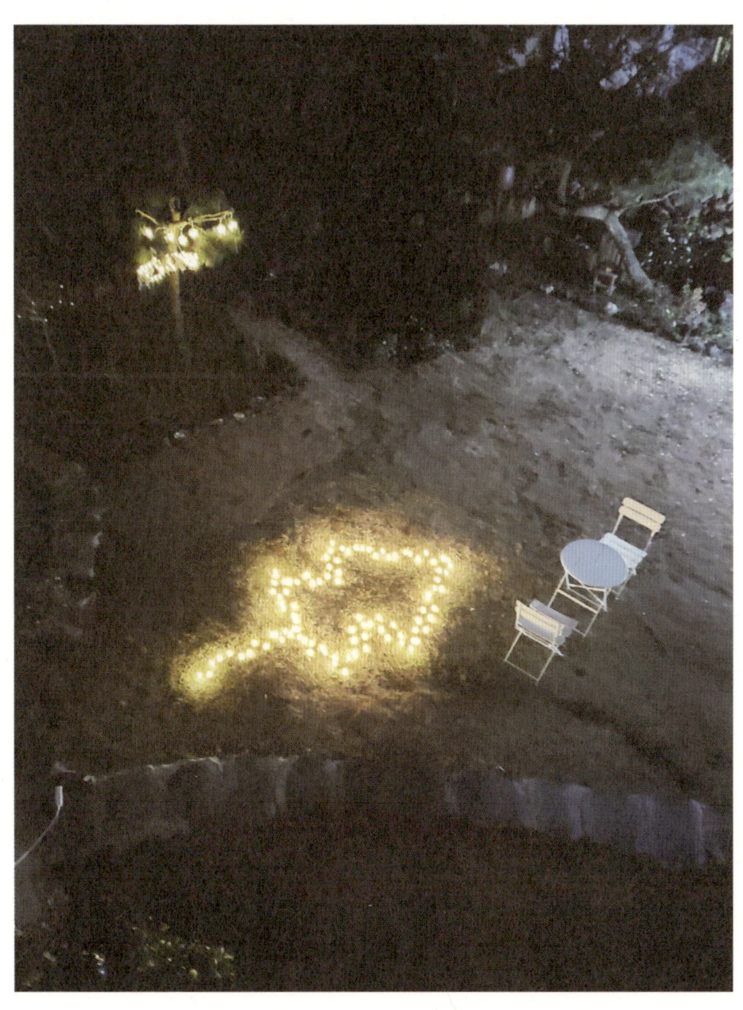

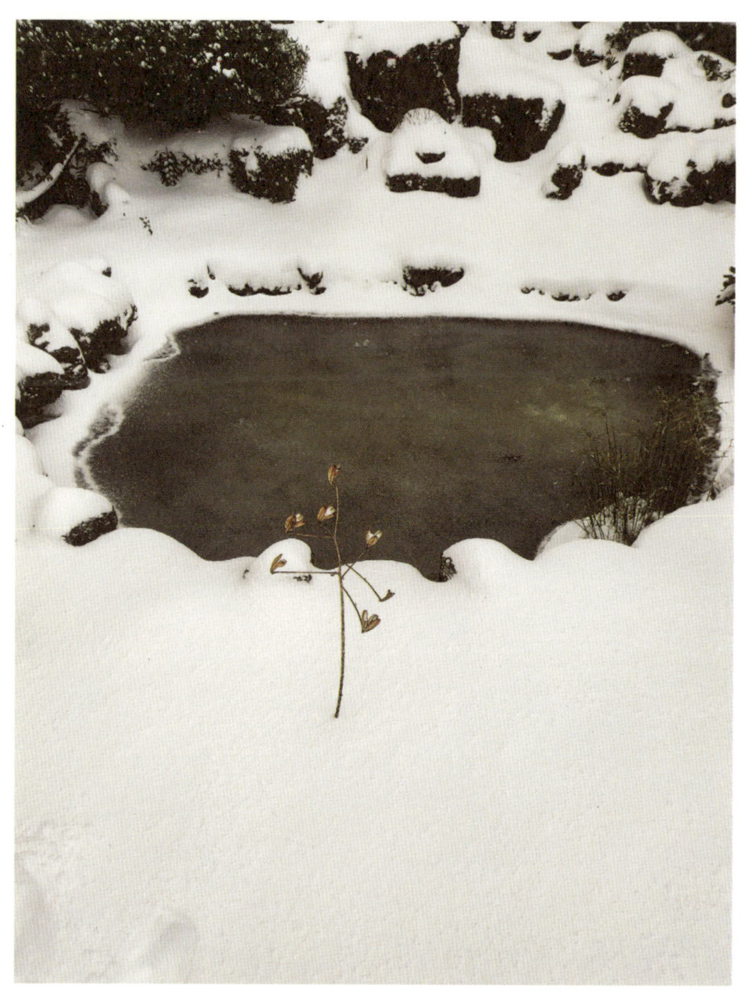

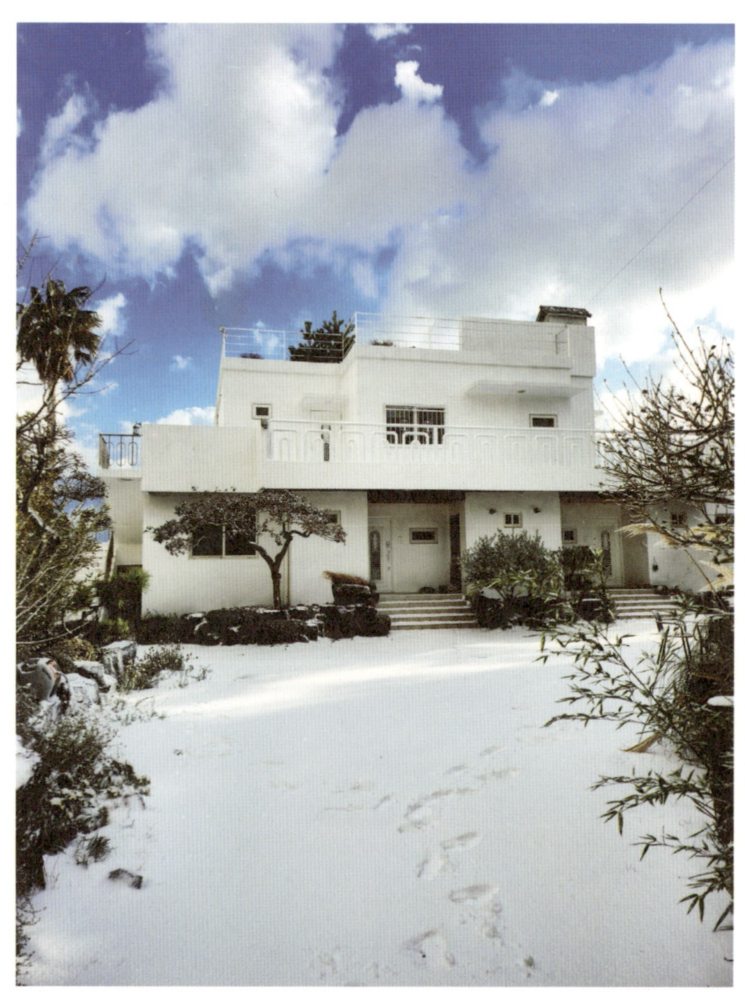

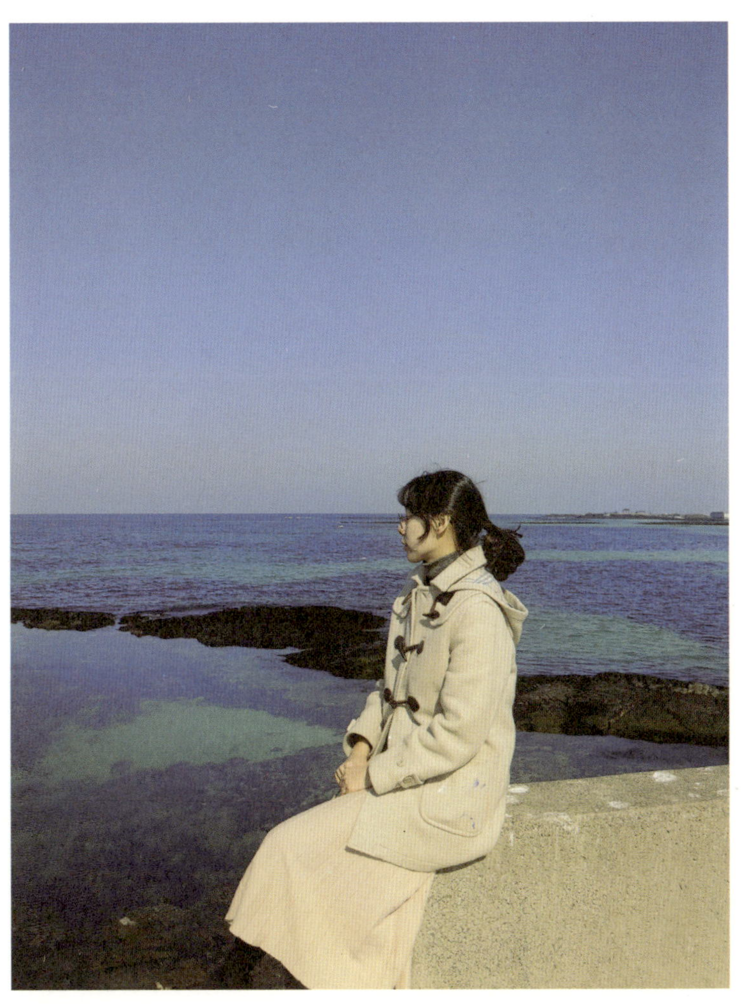

사람들이 귀가하지 않아 밤눈이 그쳐야 할 것 같은 오타루에서 돌아오니 제주
조천은 바람이 무겁고 사납다. 윙윙거리는 바람은 어떤 발전도 이루어지지 않은
여행을 힐난하는 듯 하지만. 당신의 눈동자는 한 명이면 충분하다는 듯 발광하
고, 거긴 사랑이라는 핏방울 하나가 글썽이며 눌러앉기 좋은 곳이다.

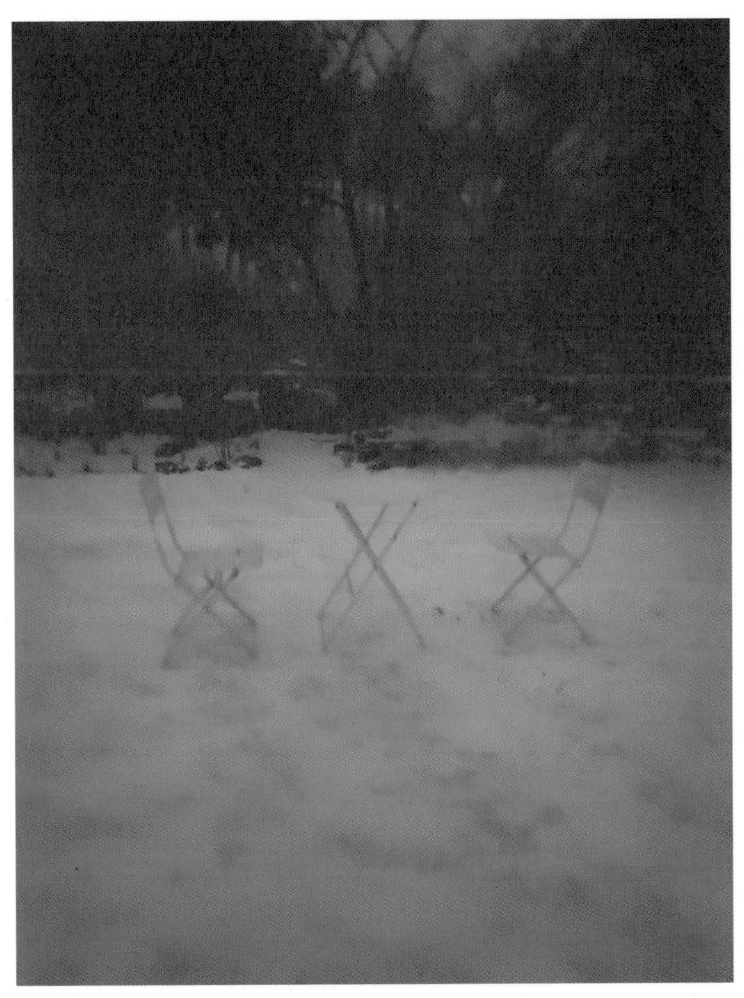

불로초는 사랑이라는 풀이고, 연인이란 음식을 서로 나누는 사이라고 했다. 아
내가 작업실에서 돌아와 몸을 씻고 있다. 나는 김녕 수박으로 화채를 만든다. 섬
에서 단둘이 바라보고 사는 삶이라 어제와 오늘 사이에 뚜렷한 구분이 있는 건
아니다. 그저 함께 먹는 것 속에 우리의 영혼과 숙명이 있다고 믿으며, 어쨌든 인
생의 고갱이가 어떻게 흐르는지 우리는 짐작이 가는 나이라고 믿으며.

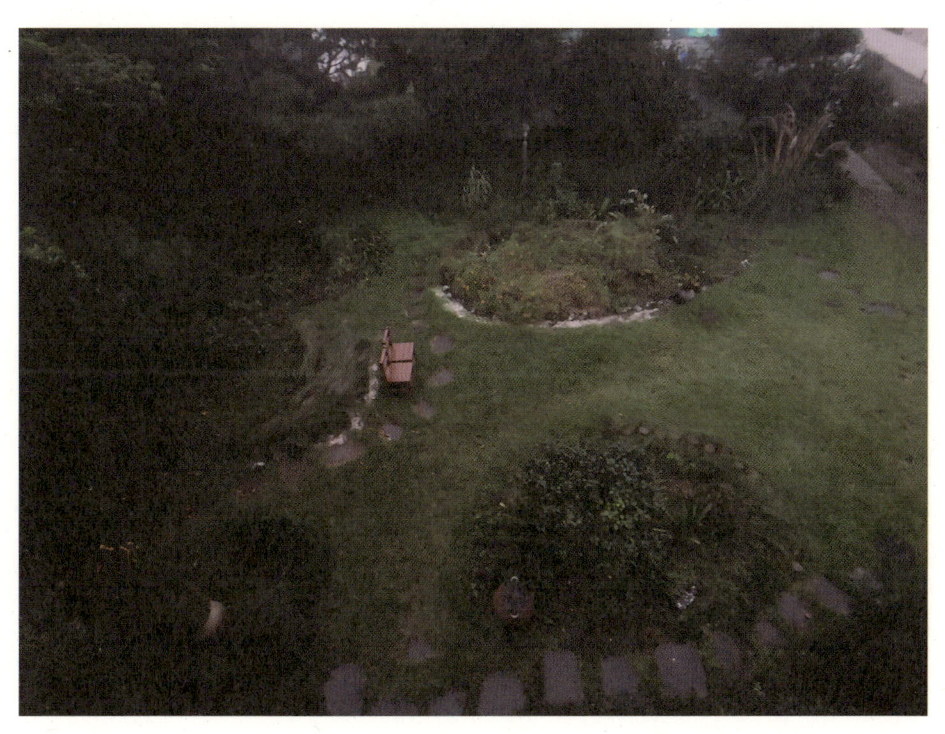

소나기가 묻어오려는지 꽃대들이 흔들릴 때 나는 바람에 휘둘리는 것뿐인데 이
렇게 맨발로 정원을 딛는 정원사의 시간은 한결같이 한결같이 가고 있다. 무명
(無名)으로.

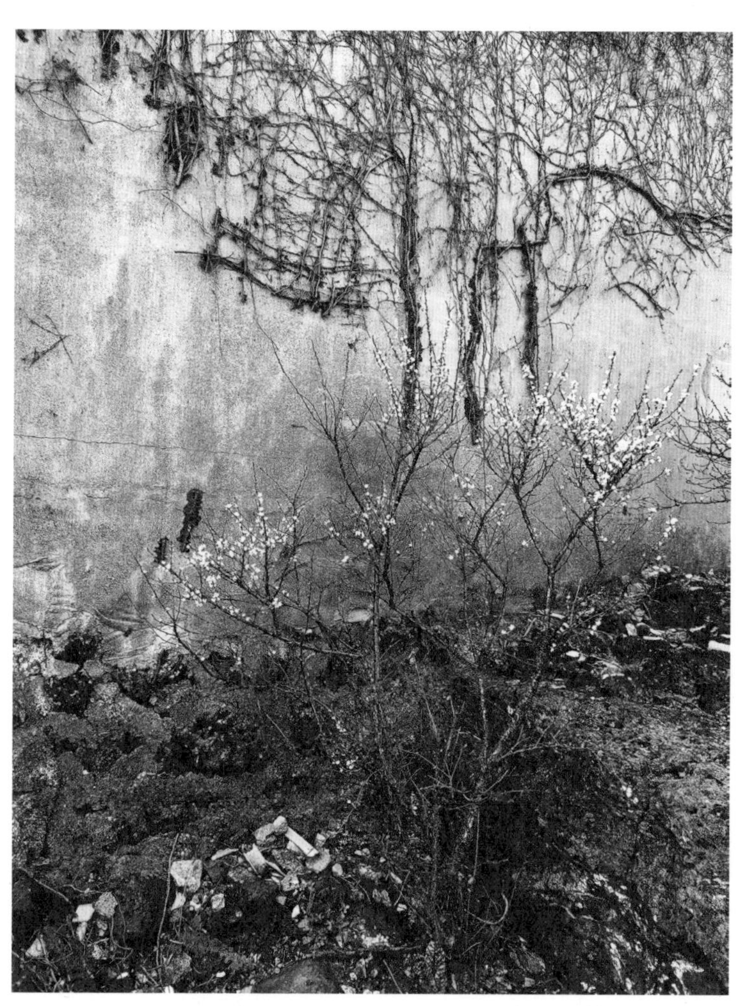

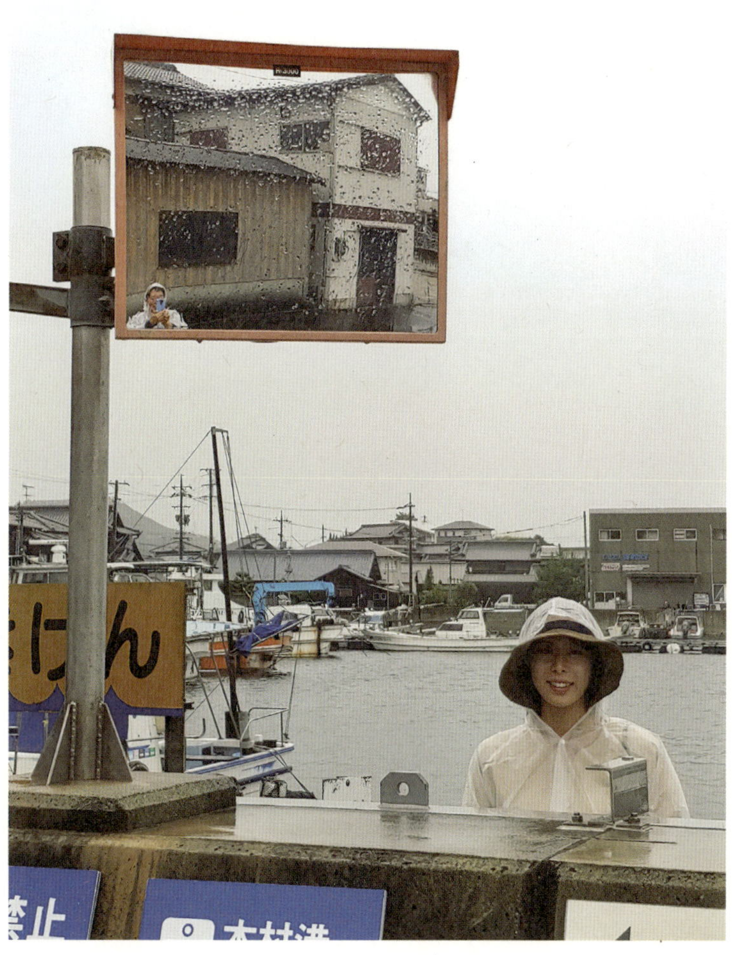

강풍주의보가 내려진 제주에서 커튼을 열고 흐린 창밖을 보자 아프리카 스콜이
라 부르는 빗방울이 눈앞에 겹쳐진다. 엄청난 흙탕물 격류를 만드는 아프리카
스콜은 아득히 펼쳐진 황무지를 때리는 빗방울 소리와 돌덩어리, 소, 염소 등을
끌고 내려가며 쿵쾅거리는 소리를 내고 번개처럼 왔다 간다. 제주의 건천과 유
사한 키동이라 부르는 마른 강들은 그사이 요란하게 나타났다가 잠시 후엔 깨끗
이 사라지고 만다. 드문드문 서 있는 가시나무들이 안갯속에서처럼 지워지며 흔
들리다 다시 나타날 때 사막 우중(雨中)은 수락, 스밈, 해체, 동화 같은 현상 속에
아린 삶과 다시 해후할 수 있는 시공간이 되는 것이다.

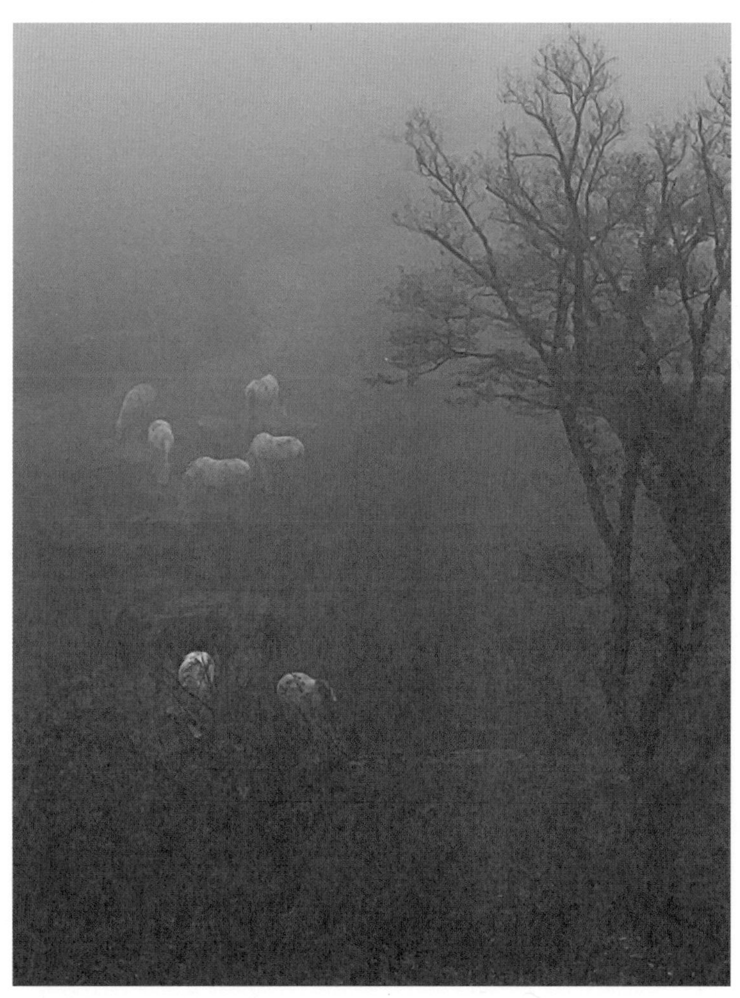

살려고 무슨 짓을 했는지 물어보는 법도 없다. 그 마른 강 계곡을 채우며 흐르는 해무가 어느 눈 안 띄는 곳에 감추어둔 문장 몇 줄을 당신에게 읽어주고 싶다. 인간이 사랑을 이야기할 때 사랑 아닌 것을 너무 많이 말하기 때문에 사랑이 보이지 않지요. 묵묵히 동네마다 생명을 돌리고 있는 마른강의 전언을 들어봐요. 그 위에 흐르는 해무는 이미지로만으로 세상을 먹이는 자유와 행복의 실재입니다. 해무의 돌밭에서, 사랑이라고 불러도 좋을 메밀의 하얀 꽃의 그렁그렁한 눈물, 맑디맑은 물방울을 당신과 나눈다.

여행이야말로 아내의 눈빛을 통해 틈입하는 감정을 미세한 부분까지 읽을 수 있는 한 편의 글이다. 내용은 잊어도 된다. 나는 서문만 있고 본문이 없는 책. 그래도 충분히 책인 책. 만약 그런 책을 갖는다면 어떤 책보다 아름다울 수 있을 거라는 말을 한 적이 있다. 내게는 어쩐지 연속적이지만 미완성인 조각난 글, 그런 삶의 서문에 해당하는 게 여행이라는 생각이 들기 때문이다. 그리고 그것은 미완성 자체로 그냥 좋은 것이다.

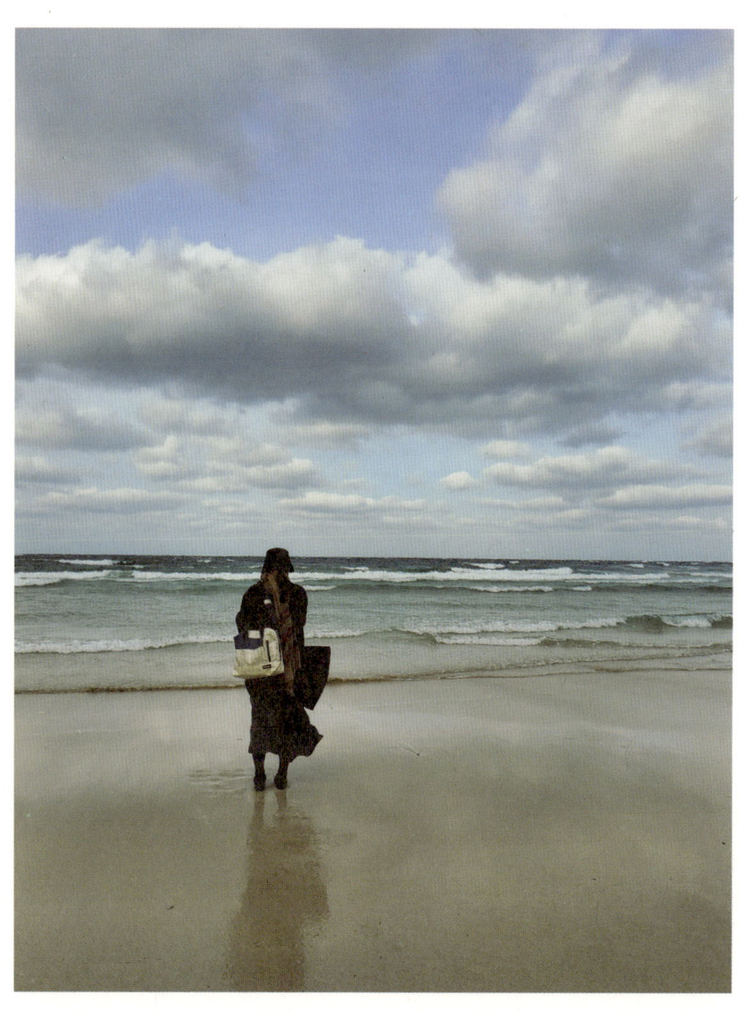

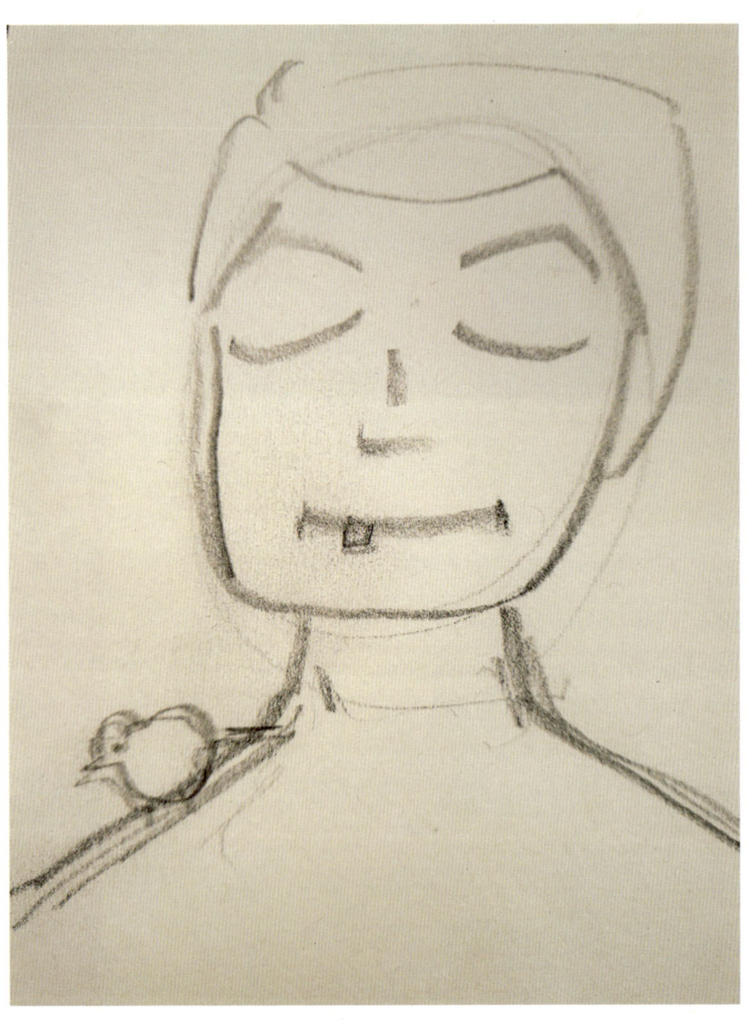

남편은 내게 말했다. "당신이 나를 '천사'라고 작품에 써버려서 내가
당신을 '천사'라고 부르지 못한다. 달리 부를 이름이 없는데."

최근 함석판을 버리고 캔버스에 그림을 그리면서 두 가지를 생각한다.
하나는 남편의 모습을 그리는 것이다. 그리고 100호, 200호 같은 큰 그림
위주로 작업하는 것이다. 그래서 한 달 사이에 남편의 얼굴 드로잉을 50장
이상 그렸다. 늘상 보고 있는 사람이 남편이기 때문에 언제든지 그릴 수
있지만 보는 것으로는 충분하지 않다. 나의 '천사'를 내 그림에 많이 많이
남기고 싶다. 아직 캔버스에 그린 건 소품 넉 점뿐이지만 남편을 그리고
또 그린다. 카페로쥬에서 남편의 모습 드로잉전을 하는 것도 그런 마음의
일환이다. 남편이 내 옆에 여기 있다는 것 말고는 내게 중요한 것이 없을
정도이다. 천사이기 때문이다. 내 마음의 빈터에 천사의 별빛만이 가득
찰 때까지 그리자, 그리고 내가 더 노력해서 언젠가 당신이 나를 '천사'라고
불러도 되는 그날까지.

화가 정인희의 작업 노트(2023년) 중에서

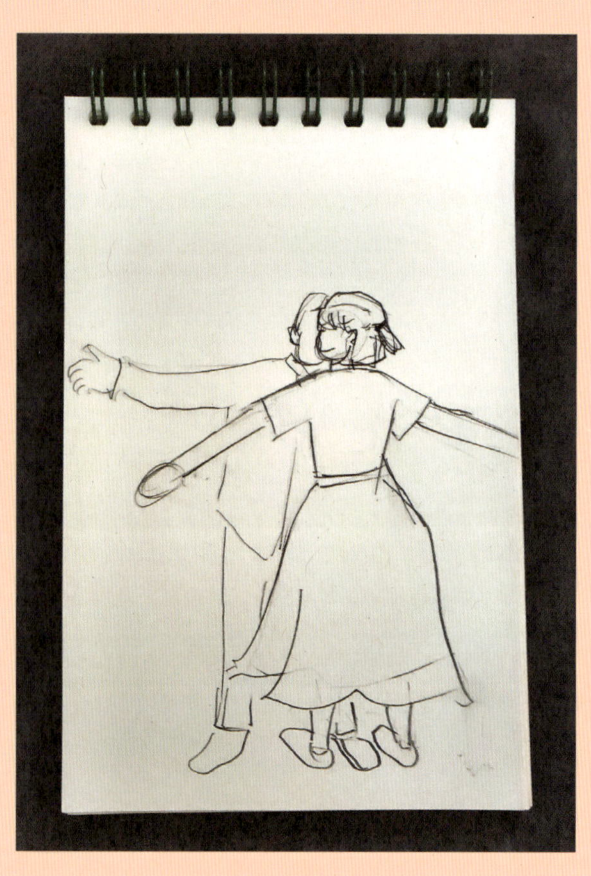

부부의 연보(年譜)

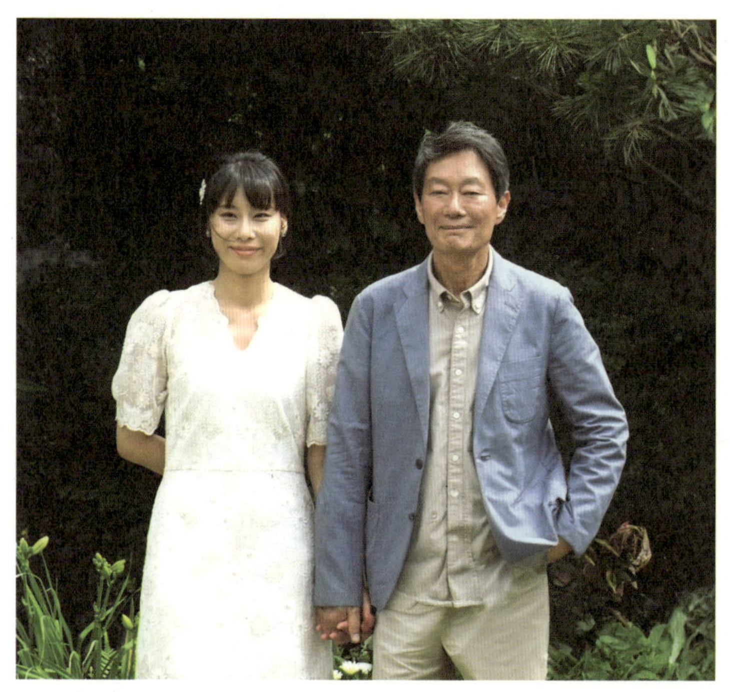

2019년 6월21일, 제주집

2016년 10월, 아시아나 비행기를 타고 제주에서 서울 사무실로 가던 황학주는 정인희가 그린 아시아나 기내지 표지화를 보고 아시아나 편집실에 연락처를 물어 정인희를 처음 만난다. 그후 정인희는 타계할 때까지 황학주가 하는 시 전문지 『발견』과 발견출판사 간행물 대부분에 표지화 및 삽화를 그린다.

2017년, 두 사람은 잡지 일로 서울과 대구를 서로 왕래하다 연인이 된다. 5월, 대구 우후아 갤러리에서 정인희 개인전이 열린다.

2018년 6월 21일, 두 사람은 대구 남구청에 가 혼인신고를 한다. 7월, 대구에서 태어나 대구 경동초등학교, 동도여자중학교, 정화여자고등학교를 거쳐 계명대학교와 계명대학교 대학원을 졸업하고 교사로 재직하며 화가로 활동하던 정인희는 자가용에 작은 짐을 싣고 목포항을 출발 제주항에 도착한다. 그리고 황학주의 집 조천읍 조와로7길 9-2에 전입신고를 하고 제주로 이주한다.

2019년 6월 21일, 결혼 1주년을 맞아 제주집에 친구와 지인들을 초대하고 잔치를 연다. 이날 송재학, 장옥관, 이경호, 이승원, 김창균, 이병률, 박태희, 신영배, 최서진 등 황학주 친구와 제자들 그리고 최유정, 이채윤, 김미정 등 정인희의 친구들 약 40여명이 모인다. 황학주 시집 『사랑은 살려달라고 하는 일 아니겠나』가 문학동네에서 출간 돼 혼인 잔치 전날 도착한다. 어느 날 길고양이 루코가 집에 들어와 살기 시작한다. 늘 벼르고 있는 모양새여서 '루코'라는 이름을 지어준다. 루코가 새끼를 낳는다. 아기 루코라는 의미로 '아루'라는 이름을 지어준다. 이름은 모두 정인희가 붙인 것이다.

2020~1년, 코로나19로 두 사람은 거의 제주에서 단둘이 시간을 보내며 시와 그림에 전념한다.

2021년 9월, 한라일보에 컬럼 '황학주의 제주살이'를 연재하기 시작한다. 1년이 넘게 매주 화요일에 연재된 컬럼엔 두 사람의 제주 결혼 생활이 잔잔하고 세밀하게 묘사된다. 대구 어울 아트센터에서 <오래도록 바라볼 수 있는 풍경을 앞에 두고> 정인희 초대전이 열린다. 10월, 서울 19.48 갤러리에서 정인희 초대전 <너와 내가 제주에서 만난다면>이 열린다. 대구 리알티 아트 스페이스에서 정인희 개인전 <환상정원>이 열린다.

2022년 2월, 백 년된 전통 가옥을 두 달 리모델링을 거쳐 정인희 이름으로 구좌읍 월정1길 64-1에 갤러리카페를 오픈한다. 이름은 카페로쥬. 9월 <나의 천사를 위하여>라는 타이틀로 카페로쥬에서 개인전을 연다. 황학주의 초상을 그린 정인희의 작품 열 한 점이 걸린다.

2023년 2월, 카페로쥬를 폐업하고 그림에 전념하기로 한다. 4월 3일, 정오 무렵 황학주 시인이 장을 보러 나간 사이 자택에서 급성 심근병증으로 정인희 타계한다. 양평 하이패밀리 자연장지에 시부모와 나란히 묻힌다. 8월 13~30일. 정인희 유작전 <사랑하는 사람에 대해 말해보라>가 대구 리알티 아트 스페이스에서 열린다. <사랑하는 사람에 대해 말해보라>는 정인희 생전에 본인이 다음 전시 제목으로 정해놓은 것이었다.

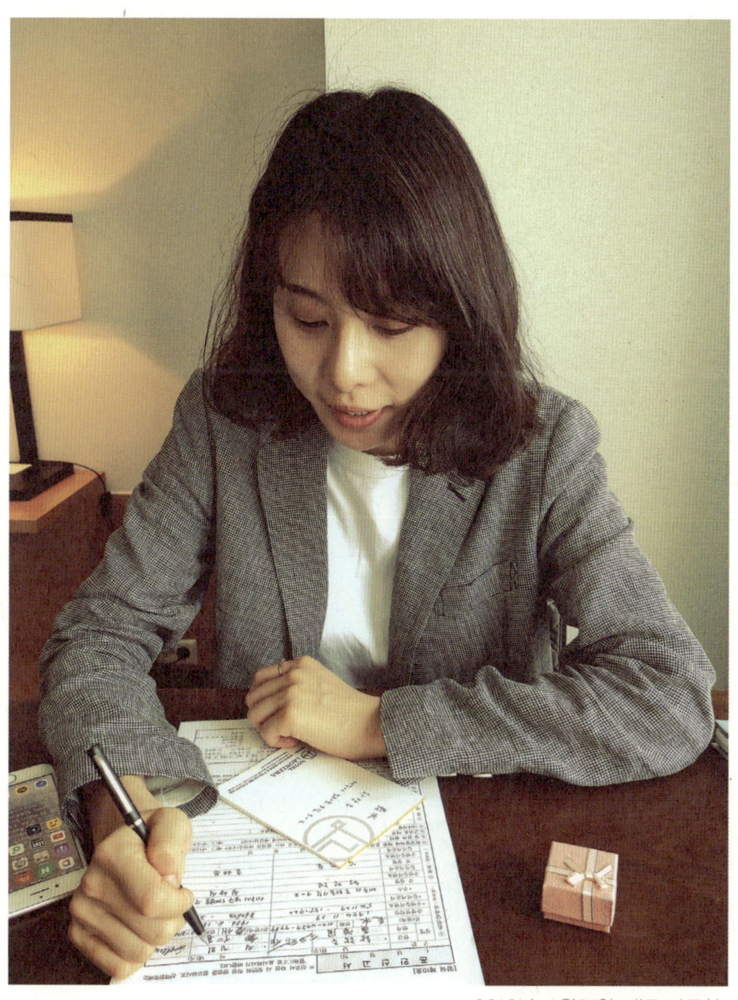

2018년 6월21일, 대구 남구청

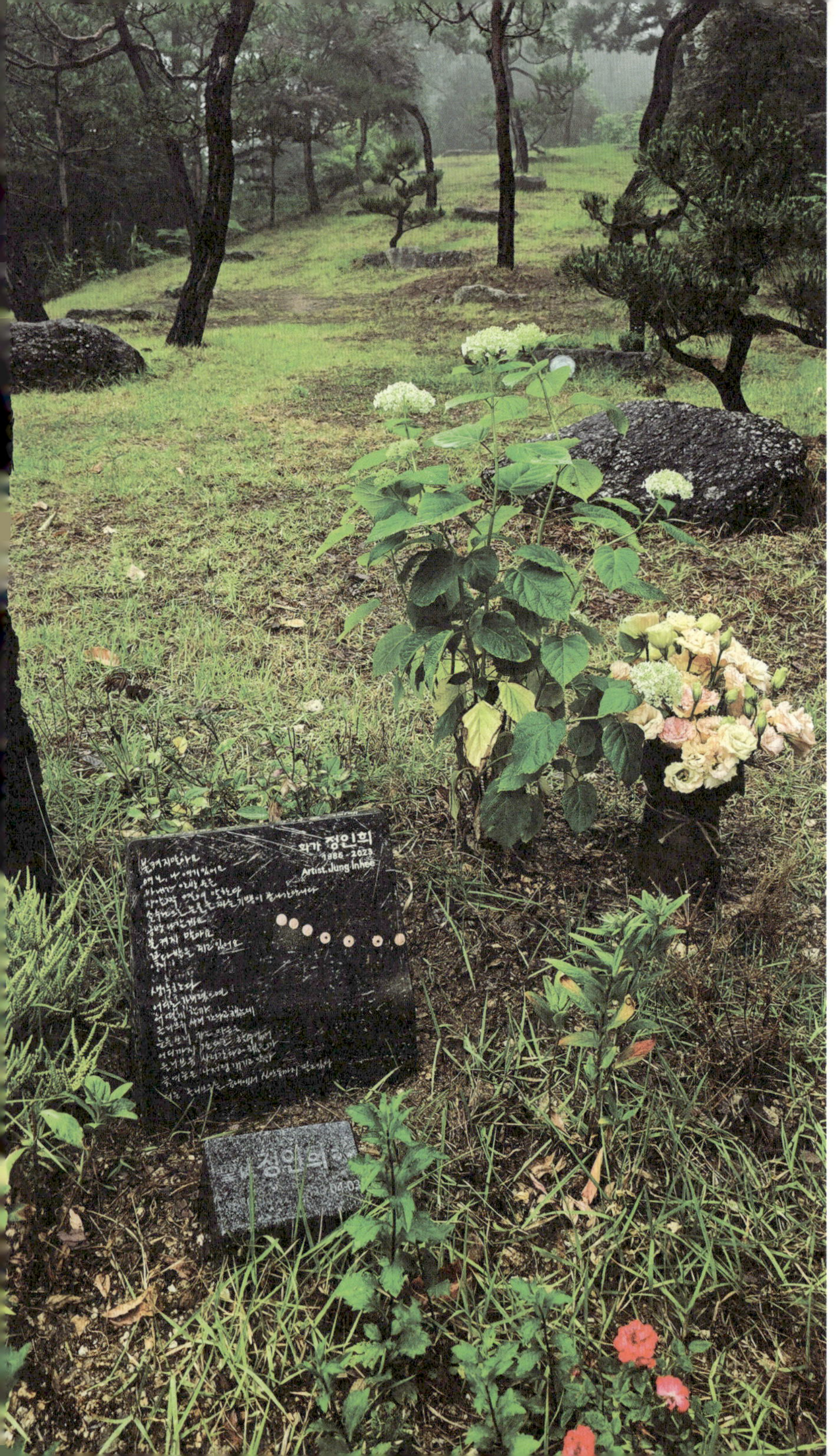

화가 정인희
1986 - 2023
Artist. Jung Inhee

아내의 초,중,고 학교 선배인 임지연 작가님이 3개월을 붙들고
씨름한 아내의 도자비가 가마에서 나와 모습을 드러냈다.
비는 세 번이나 가마에 들어갔고 마지막 것이 나왔을 때에도 조금은
아쉬움이 남았다고 작가님은 말했다.
"그렇지만 인희씨 좀 도와주세요, 하는 마음으로 작품이 잘 되어
나오기를 기도하며 만들었다."고 했다. "시인님의 마음의 비를 어떻게
작품으로 표현할까." "내가 보았던 인희씨의 이미지, 따스했던
제주 생활을 어떻게 담을까. 온통 그 생각뿐이었다."

죽음이라는 비스듬히 누운 자세, 크지도 작지도 않은 크기의
인생의 각과 둥긂, 모여드는 선과 점, 아내의 작품 이미지와
나의 시 텍스트, 심지어 고양이 아루까지가 묘지의 자연 모양을
고려한 작가의 간절한 마음과 손끝에서 - 파고 다시 메우고 칠하고
다시 지우고 그 형태가 그 형태가 될 때까지 그 색이 그 색이 될 때까지 -
어루만져진!

비를 설치하는 날, 묘소로 가는 도중 줄줄 비가 내리기 시작했다.
서종면 문호리에서 만나 점심을 먹고난 후에도 비는 그칠 기미가 없었다.
작가님과 나는 그냥 비를 맞기로 하고 식당을 나섰다. 우산도 쓸 수
없는 상황이었다. 도자비와 꽃, 연장들을 나눠 들고 산에 올라 기존에
세워둔 표지판을 거두고 그 자리에 도자비를 세웠다. 비는 영영
그치지 않을 것처럼 내리고만 있었다. 다행히 바람은 없고 산안개가
예쁘게 피어서 내려왔다.

2024년 6월 24일

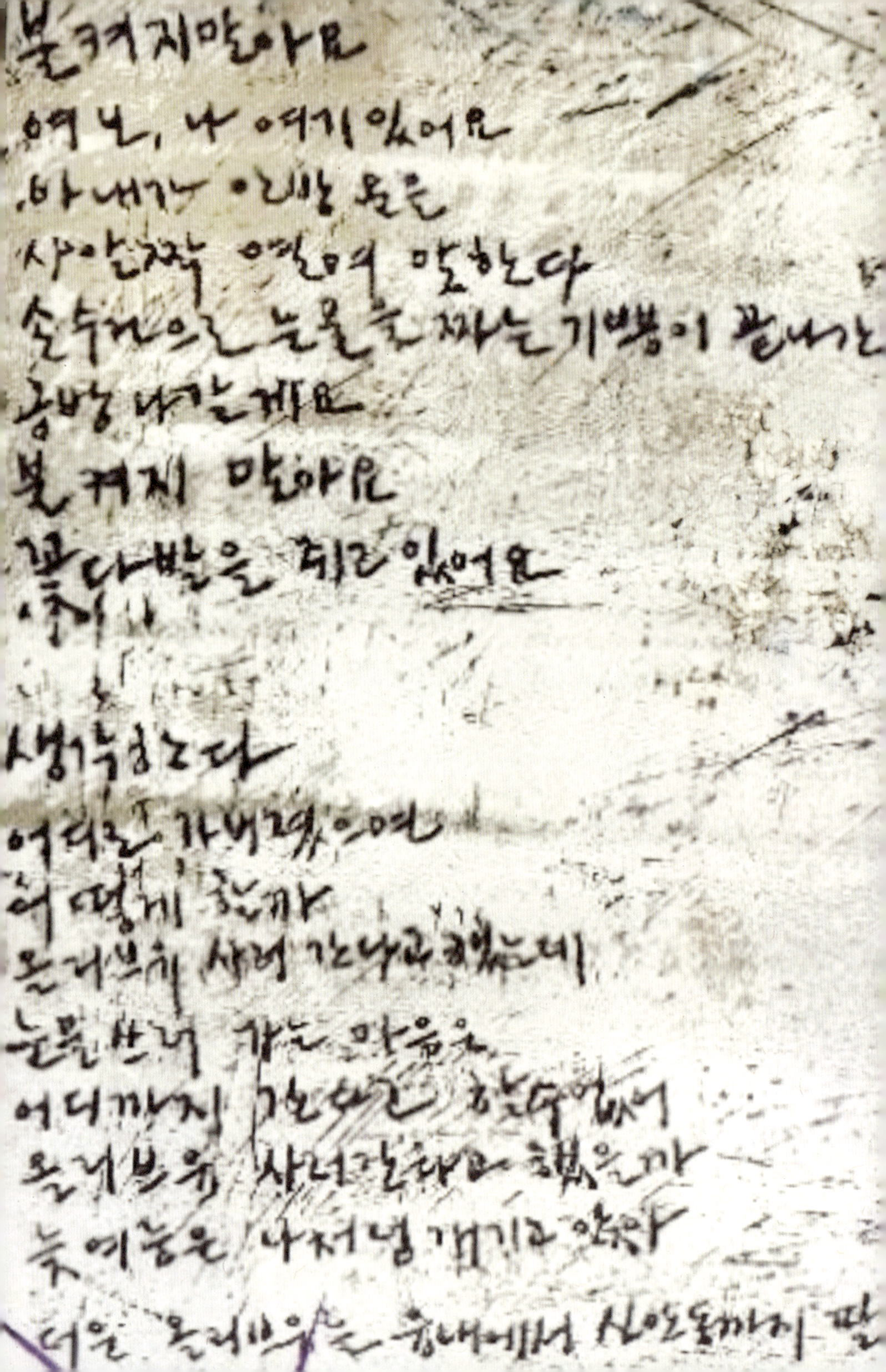

불 켜지 말아요
여보, 나 여기 있어요
바깥 ○래밤 몸은
시안책 엮어 말한다
손수건으로 눈물을 짜는 기뻐이 끝나는
공방 내가는 게요
불 켜지 말아요
꽃다발을 쳐리 있어요

생각한노라

어디로 가버렸으며
어떻게 한까
올려보며 살려 간다고 했느네
눈물 쓰려 가는 마음은
어디까지 가는지 했으며
올려봐 살려간다고 했는가
눈여놓은 나처럼 계기고 않아
더 ○을 올려○앉은 흉내에서 시○들게까지 떨

화가 정인희

1986 - 2023.

Artist. Jung Inhee

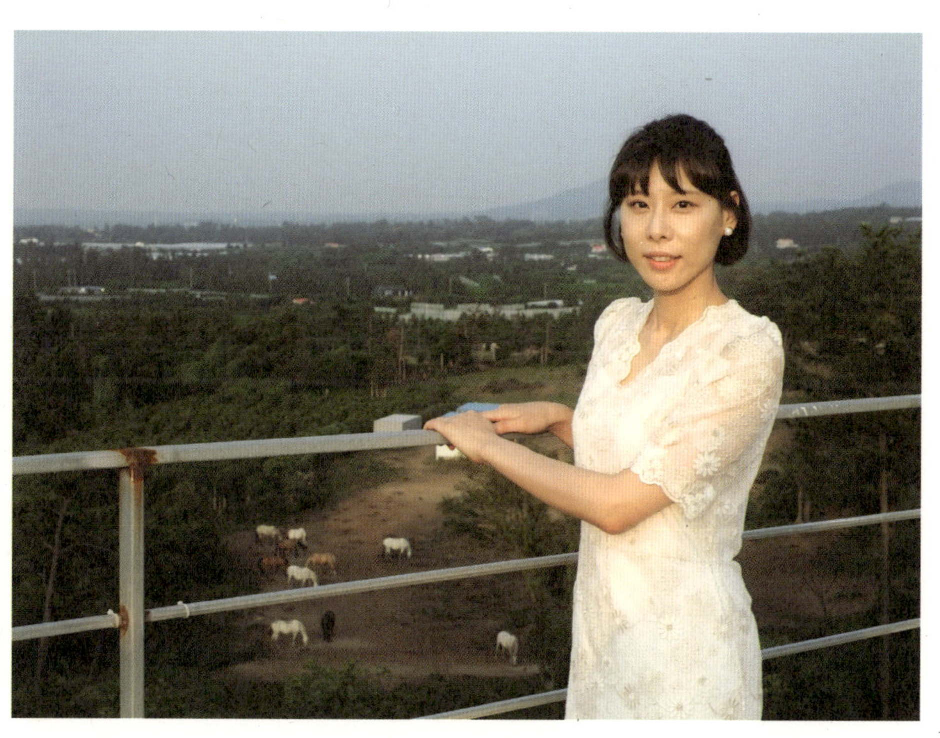

사랑의 자국(自國)

어디로 가느냐고
묻지만 않았더라도
흰 눈 내리는 칠흑 속에도 하늘이 있다는 생각은
못했을 것이다
당신이 더 있는 것 같은 우리의 자국(自國)이 있다면
하늘은 높이로 무한을 그린다 해도 좋을 텐데

　우리가 기도했던 게 건강과 평안만은 아니었으니
　길 잃은 잡인의 눈을 감기고 피에로의 뺨에 분칠을
하는 시는 굵은 눈보라와 쏘다니고
　찬 밤공기는 때로 당도가 높고 가난한 기다림은 또
기다렸고
　죽은 사물과 지낸 건 아니었다

　생활이라는 으레 형편이 안 되는 골목쟁이 끄트머리
　그런데도 아직 부정하고픈 산물(産物)이 필요한 낡
은 책상에서
　때깍때깍 부러지며 가야 할 신작로는 나고

내 녹슨 굴렁쇠 굴리는 밤하늘의 여백은 어디까지
인가
　당신이 더 있는 것 같은 사랑은 자국(自國)을 찾지 못
하고
　말 먹이는 자였으니 여기 적어둔다 어디로 가느냐

　이름조차 맑은 눈동자에서 나왔는데
　둥글게 한 사람이 눈동자 위에 앉아 있다

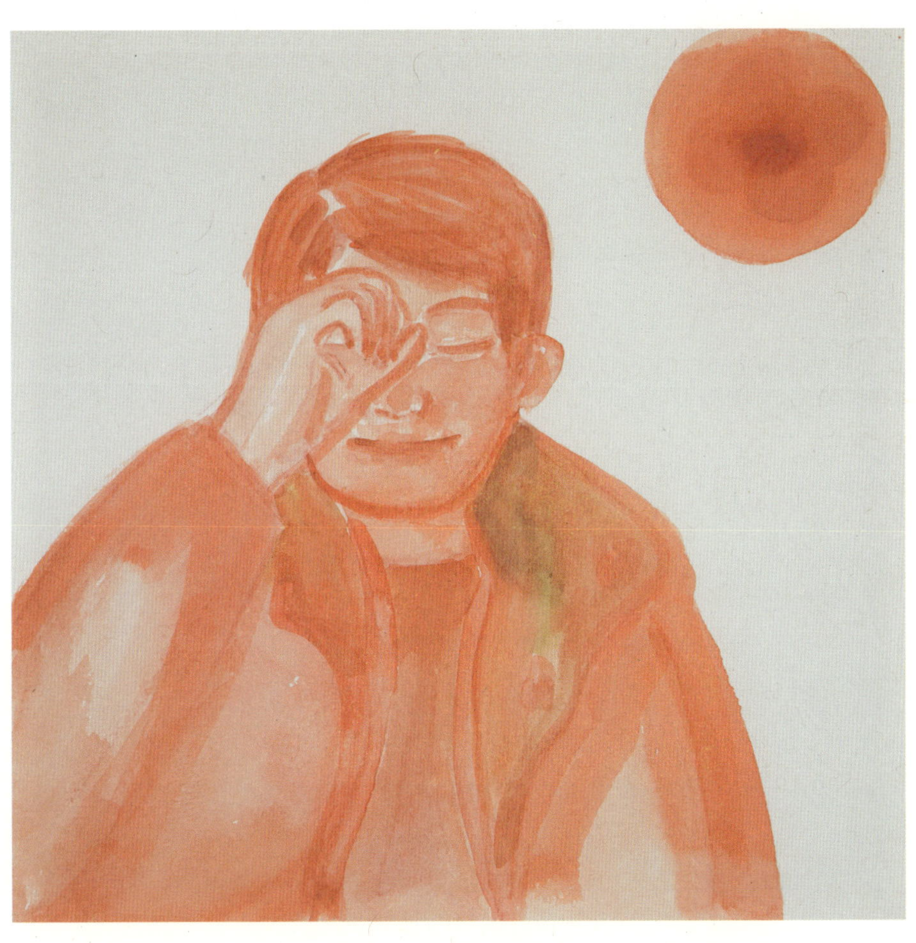

제주, 그후

사모하여 내처 당신이 온 곳은 물결이 출렁였다
길에 독본은 없었을 거야
정신을 잃듯 스르르 열리는 길 하나는
끊어진 줄 하나를 퉁기고 있는 사람에게
잇지만, 주객이 바뀐 것도 같다

여행에 대한 이야기니까
홀연히 섬에 건너와 화로 옆에서 시작한 첫날은 그
렇다 치고
적어도 털털하게 하늘을 걸어가는 시선이 있고
새가 눈바닥에 입을 씻는 연말은 일출을 몇 번 보게
해주었다
생의 중간에 황홀은 혼자가 아니었으니까

나 예뻐요?
그렇게 탐이 나는 당신의 연주는
없는 경추1번을 대부분 땀으로 닦는 데 쓰고 나머지
시간에 섬섬옥수로 시작되었다

이 우한 사람은 들었으니 들었다는 말을 해주어야
했으나
그것도 못했네

깨진 태양의 유리알과
내 묵은 습기와 곰팡이가 들려주는 음성사서함에
눈송이가 날아들면 나는 그 부나비를 지그시 밟아
준다
당신의 이름을 흘리며 아득바득
물 말은 밥을 먹는 이제

나도 그새 미추를 저으며 가고
허리에 얼음 얹는 일도 여행은 한다 우울의 고랑에
부낭 하나를 던진 뒤
당신이 짜준 밤색 목도리에 황도처럼 썩은 내 기타
를 싸매었으니

사실이었던 우리의 제주를
다시 제주 이후로 삼는다

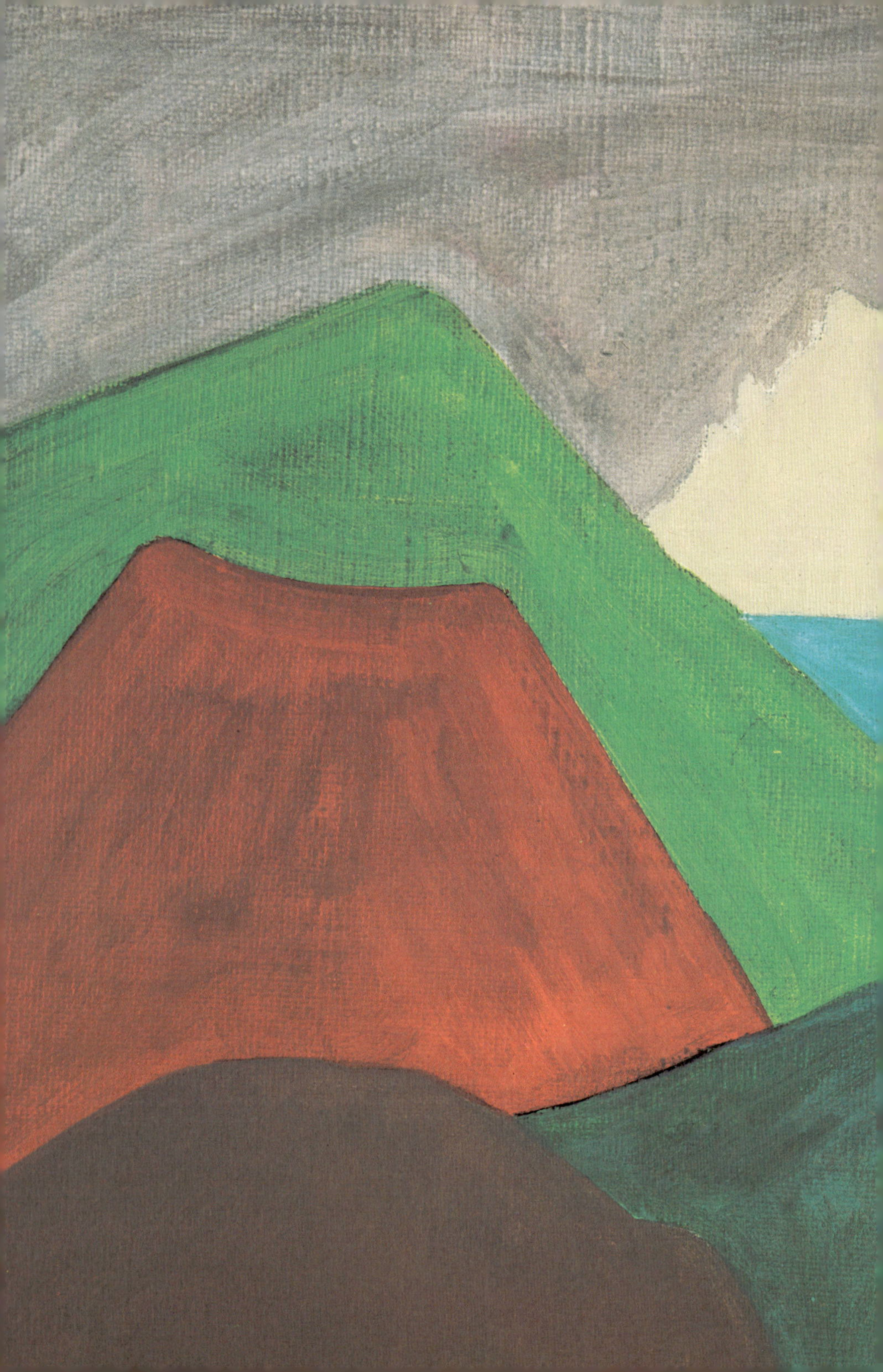

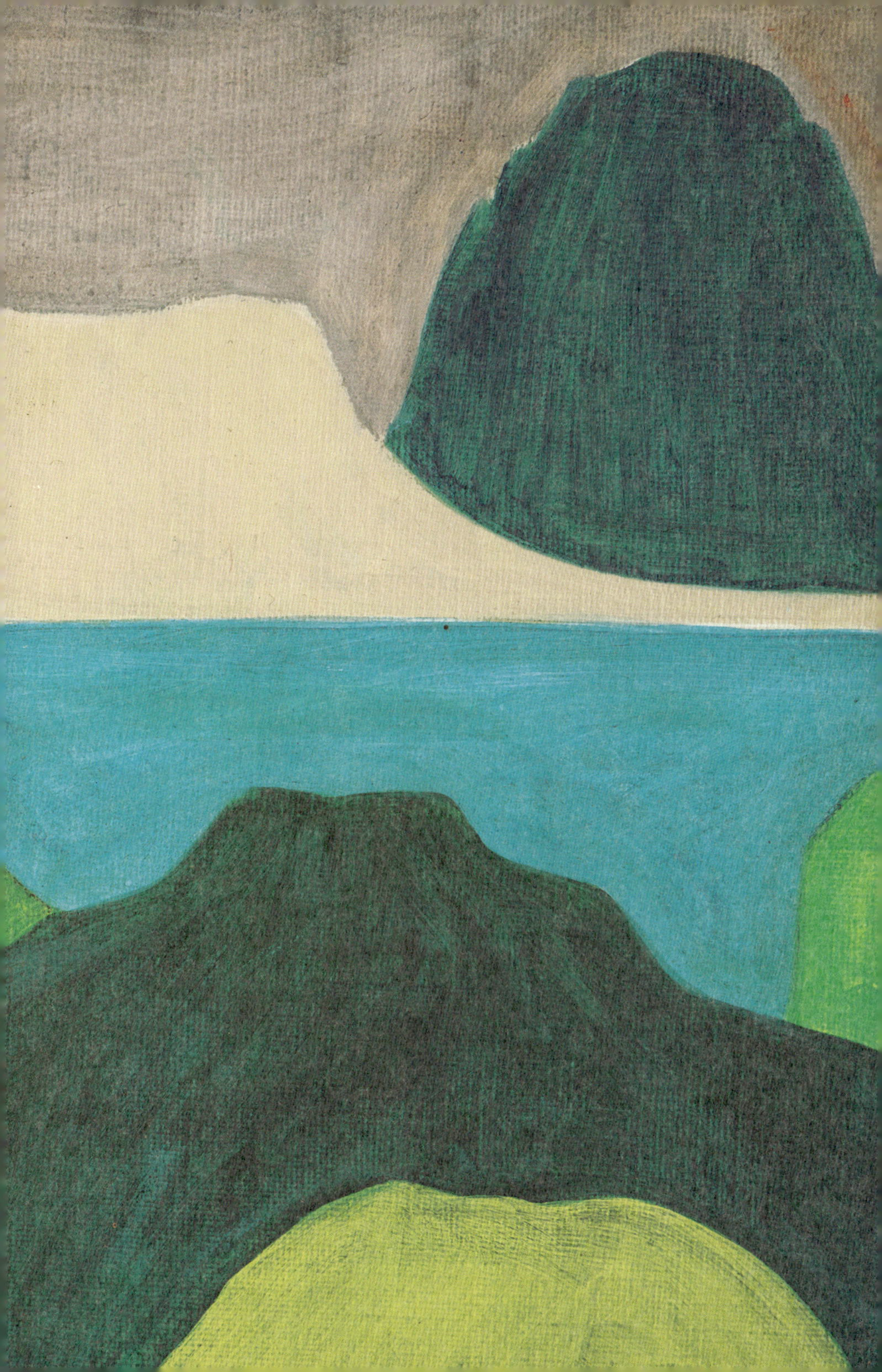

나 여기 있어

빗방울은
창가에서 형광펜을 찍으며 어두운 쪽잎들을 흔들었다

서귀포문화원에서 강의를 마치고 나오자
두레박이 올라오며 흘러 떨어지는 물소리처럼

나 여기 있어, 주차장 맞은편에서
그대 같고 꼭 그대 같은 급하고 환한

길 건너 빗속에 서서
다물어지지 않는 말소리

내 귀에 살고 있는 말소리 때문에
내 환(幻)은 날마다 얇아지지
귀리 씨앗처럼 말라가

물속의 흙 같은 글자의 들것 위에
두 개의 눈동자를 붉히고

아직도
단1도 미운 데가 없는 당신, 이라고 쓰고 있을까

그건 또 어느 흙탕물에서 떠온다는 거지만
자신에게도 한 통의 해맑은 빗물은 속삭였으려나

나 여기에 있다는 말이 어디엔가 내릴 수 있어서
비 맞는
그럴 때에도
그리움은 언제나 전쟁중이라는
사실만은 기록된다

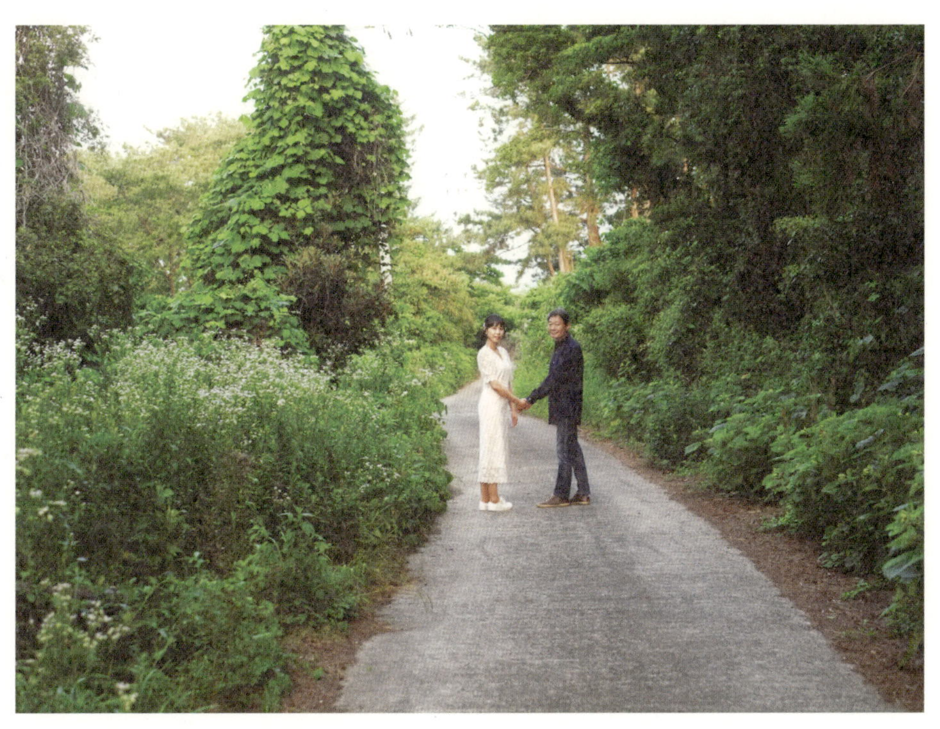

이 책에 대하여

정인희와 황학주는 2018년 결혼해 제주 조천읍 조와리 7
길 9-2에서 함께 살기 시작했다. 한 사람은 그림을 그리
고, 한 사람은 시를 썼다. 이 책은 두 사람이 마주한 시간
의 기록이다. 카메라에 담긴 서로의 눈빛, 시인이 기록한
제주의 일상과 결혼 생활, 아내의 그림과 작가 노트가 한
데 엮였다. 사랑하는 이를 향한 응시가 한 권의 책으로 남
았다.

황학주

1987년 시집 『사람』으로 작품활동을 시작했다. 시집 『내가 드디어 하나님보다』 『갈 수 없는 쓸쓸함』 『늦게 가는 것으로 길을 삼는다』 『너무나 얇은 생의 담요』 『루시』 『저녁의 연인들』 『노랑꼬리 연』 『某月某日의 별자리』 『사랑할 때와 죽을 때』 『사랑은 살려달라고 하는 일 아니겠나』가 있고 그외 여러 산문집이 있다. 서울문학대상, 문학청춘작품상, 서정시학작품상, 애지문학상 등을 수상했다.

정인희 작가의 작품 목록

쭈의 일상 (종이에 혼합재료, 33.5x24cm, 2021) p19
마당에 라벤더를 심는 천사 (캔버스에 유채, 33.4x21.2cm, 2023) p34-35
고양이 환상 (캔버스에 혼합재료, 162.2x130.3cm, 2021) p80-81
나의 천사b40 (종이에 아크릴, 19x19cm, 2023) p108
천사와 함께 춤을 (종이에 아크릴, 19x19cm, 2023) p110
나의 천사 (종이에 수채, 19x19cm, 2023) p125
제주도 (캔버스에 라커, 24x33cm, 2022) p128-129 및 표지

사랑하는 아내에게

초판1쇄 2025년 6월 21일 발행

저자   황학주
사진   황학주와 정인희
그림   정인희
사진   박태희 (p11, p13, p112, p121, p133)

펴낸곳   안목
등록   2006년 6월26일 (제 381-2006-000041)
제작   박재현
인쇄   (주)상지사피앤비

ISBN 978-89-98043-35-3 (03810)
책값은 표지에 있습니다.

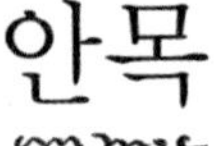

phone 051-949-3253
anmocin@gmail.com
www.anmoc.com